Helena María Viramontes wurde in Los Angeles geboren. Sie arbeitet für die Los Angeles Latino Writers Association, hat bereits viele Literaturpreise gewonnen und ihre Geschichten in zahlreichen Anthologien veröffentlicht.
Sie lebt zur Zeit in Ithaca, New York.

Helena María Viramontes

Estrella von den Feldern

Roman

Aus dem Amerikanischen
von Gabriela Schönberger-Klar

Knaur

Dieses Buch wurde auf chlor- und säurefreiem Papier gedruckt.

Deutsche Erstausgabe Mai 1996

Titel der Originalausgabe »Under the Feet of Jesus«

Published by arrangement with Dutton Signet, a division of Penguin Books USA Inc.
Originalverlag Dutton, a division of Penguin Books USA Inc., New York
Umschlaggestaltung Andrea Schmidt, München
Satz Ventura Publisher im Verlag
Druck und Bindung Clausen & Bosse, Leck
ISBN 3-426-60486-8

5 4 3 2 1

Für meine Eltern
Mary Louise LaBrada Viramontes
und Serafin Bermúdes Viramontes,
die sich beim Baumwollpflücken
in Buttonwillow kennenlernten.

In Erinnerung an
César Chávez

1

Waren sie die ganze Zeit über auf die Scheune zugefahren? Estrella wußte es nicht. Die Scheune war schlagartig zwischen den Bäumen auf einer Lichtung aufgetaucht, und ihr verwittertes, durchlöchertes Dach erinnerte sie an die käsige Scheibe des Mondes. Sie waren zu siebt – ihre Habseligkeiten ließen den alten Chevy-Kombi tief auf die Straße sinken, und die Wolken über ihrem Kopf waren prall gefüllt wie zum Platzen reife Baumwollkugeln. Dann verschwand die Scheune hinter einem Hügel voller stacheliger Büsche und Feigenkakteen, als der Mann, der nicht ihr Vater war, den Kombi um eine schwierige Kurve steuerte.

Immer wieder schoben sich die Wolken vor die Sonne. Ein leichter Wind zauste die Orangen-, die Avocado- und die Pfirsichbäume, die sich sanft wiegend bis zum gebirgigen Horizont erstreckten. Eine Gruppe abgesägter Bäume markierte die Abzweigung der Seitenstraße. Die Mutter sagte: *»Aquí«*, und der Mann, den sie Perfecto nannten, fuhr langsamer und bog ab. Die Mutter legte die Phillips-66-Straßenkarte zusammen und rief, sie hoffe, daß der Wind die Wolken vertreiben möge, damit es nicht regnete. Sie mußte es über den dröhnenden Auspufftopf hinweg Perfecto ein zweites Mal ins Ohr schreien, der sofort die Scheibenwischer testete. Eines der beiden Wischerblätter fegte ein zerschmettertes Insekt von der Scheibe. Perfecto kratzte sich am Kopf und

meinte, daß er es leid sei, dauernd im Sitzen im Auto zu schlafen. Und dann verstummten sie.
Das Schweigen und die Sonne und die Wolken hatten viele Dinge zu bedeuten. Es ging immer um die Arbeit, und die war abhängig davon, wie die Ernte ausfiel, ob der Wagen lief, von ihrer Gesundheit, dem Zustand der Straßen, wie lange das Geld reichte und wie das Wetter war – das hieß, ob sie von so gut wie nichts leben konnten.
Estrella sah, wie Perfectos Hand unsicher über seinen Hinterkopf glitt, dessen Haut wie die Rinde einer Zedernzypresse war.
Der beigefarbene Kombi holperte über die ungepflasterte Straße und ließ die Bündel, das zusammengerollte Segeltuch und die Zeltstangen, die mit kreuz und quer verlaufenden Stricken auf dem Gepäckträger festgezurrt waren, auf und ab hüpfen.
»Pst«, zischte Alejo seinem Cousin zu, »da kommt jemand.«
»Scheiße, ich hasse das.«
»Ruhe.«
Alejo sah den Kombi von dem hohen Pfirsichbaum in der Obstplantage aus. Er hatte unter der Sonne gereifte Pfirsiche gepflückt und seine Beute durch die raschelnden Zweige hindurch seinem Cousin Gumencindo hinuntergereicht, der einen alten Mehlsack umklammert hielt und Schmiere stand. Sie schufteten immer gleich nach der Arbeit weiter, noch ehe die Sonne unterging und wenn die anderen sie nicht sahen.
Die Cousins hatten miteinander gestritten, erst darum, wer an der Reihe war, auf die Bäume zu klettern, und

dann wegen eines Mannes namens Plato. Gumencindo war der Meinung, daß Plato im Spanisch der Gringos soviel wie *plate*, Teller, bedeutete, und als Alejo ihm widersprach, mußten sie so heftig lachen, daß sie fast vergaßen, weshalb sie in die Pfirsichplantage gekommen waren. Alejo, der schlankere und beweglichere der beiden, überprüfte die herabhängenden Äste auf ihre Tragfähigkeit und zog sich dann so weit daran hinauf, bis die kleineren Zweige gefährlich zu knacken anfingen. Der feine Flaum der Pfirsiche kitzelte sein Gesicht.

Er nahm sich die schönsten Früchte, bis er den Motor eines Wagens hörte, woraufhin er sich tief unter den Baldachin des Baumes zurückzog. Das Auto hörte sich an, als würde jemand mit Murmeln unter der Motorhaube spielen. Durch das Dach aus Blättern beobachtete Alejo, wie die Tür des Kombis, dessen Motor langsam erstarb, aufging. Wespen umschwirrten die klebrigen Früchte neben ihm. Ihre Hinterbeine baumelten wie goldene Fäden an ihren Leibern.

Ein drahtiger Mann, der seine zerknitterte und ausgebeulte Hose fast bis unter die Achseln hochgezogen hatte, stieg aus dem Kombi. Der kahle Schädel des hageren Mannes schimmerte wie auf Hochglanz poliert. Irgend jemand im Wagen reichte ihm einen Hut hinaus. Der Mann strich sich mit der Hand über sein spärliches silbergraues Haar, drückte den Hut tief in die Stirn, griff nach dem Strick auf dem Autodach und zog daran, bis das Bündel darauf wie ein Bauch aussah, der sich über einem zu eng geschnürten Gürtel wölbte. Während er den Strick verknotete, spiegelte sich in seiner Brille die nachmittägliche Sonne; als er sich der Obstplantage zuwandte und direkt in Alejos Richtung schaute, schien die Brille des Mannes regelrecht Funken zu sprühen. Alejo duckte sich noch tiefer unter das Blätterdach; über seinem Kopf knackte ein Ast. Er schob ein paar dicht belaubte Zweige zur Seite und folgte der Reifenspur des Wagens, bis sich der Staub wieder gelegt hatte.

Perfecto fuhr auf die Lichtung zu und versuchte den Schlaglöchern auszuweichen, aber der Wagen holperte und schaukelte, daß die leere Wasserflasche auf dem Armaturenbrett, die Kaffeetassen und die Sonnenblenden herunterfielen und sich die Straßenkarten auf den Schoß der Mutter ergossen. Paß doch auf, schimpfte sie ihn und stützte sich mit dem Arm an dem von der Sonne verzogenen, hölzernen Armaturenbrett ab. Der Mann nahm die Wasserflasche und klemmte sie zwischen ihre beiden Körper. Die Zwillinge, Mädchen, wachten mit einem Ruck auf.

»Sind wir schon da?« fragte Ricky die Mutter. Er streckte die Hand aus und hielt den weißen Rosenkranz aus Plastik fest, der vom Rückspiegel baumelte. Estrella wartete, daß ihre Mutter eine Antwort gab.

Perfecto nahm eine Hand vom Steuer und deutete auf eine schäbige Holzhütte. Gelbliche Büschel Unkraut wucherten davor und zwischen den krummen Stufen der Treppe, die auf die Veranda führte.

»Ist sie das, Petra?« fragte er.

Petra verschränkte die Arme vor der Brust. Die große Eiche, die einst einen schattigen Schirm über das Dach gebreitet hatte, war so brutal zurechtgestutzt worden, daß man sich nicht einmal mehr auf den Stumpf setzen konnte. Die Kochgrube schien etwas abseits der Veranda zu liegen.

»*Gracias a Diós*«, erwiderte Petra, und Perfecto trat auf die Bremse. Der Kombi röhrte noch ein paar Takte und verstummte dann.

»Sind wir da?« fragte Estrella.

»Wir sind da«, entgegnete die Mutter, Petra.

»Wir sind da«, flüsterte Estrella ihrem schlafenden Bruder Arnulfo zu.

Die Türen wurden aufgerissen. Einzelne Socken, zusammengeknülltes Wachspapier, Erdnußschalen und eine Plastikpuppe fielen aus dem Wagen. Die Zwillingsmädchen stürmten als erste vom Rücksitz. Estrella kam gleich nach ihren Brüdern, entwirrte ihre Beine und wackelte mit ihren nackten Zehen. Als sie die Puppe aufhob, spürte sie, daß sie Dellen im Rücken hatte. Ricky war bereits darauf getreten.

»Bist du in Ordnung?« fragte sie die nackte Puppe und schüttelte heftig verneinend deren Kopf.

»Klar bist du das«, fuhr sie fort und warf die Puppe wieder auf den Rücksitz. Dann stürmte sie los, ihr geblümtes Kleid bauschte sich um ihre Beine, und Strähnen ihres schwarzen Haares lösten sich aus ihrem wirren Zopf. Die Zwillinge folgten ihr wie eifrige Hühner. Die Jungen liefen zu den leeren Koppeln. Sie sprangen über den Holzzaun und stürmten, einander anrempelnd, durch das hohe Gras.

Petra hatte dunkle, kaffeebraune Haut und krauses Haar, das sie bändigte, indem sie es zu einem kurzen Zopf geflochten trug. In ihren Gummisandalen schlappte sie jetzt zu der Kochgrube, wo sie sich bückte. Der Rost mußte unbedingt gescheuert werden, und so suchte sie die Umgebung nach Schachtelhalm ab, der für diesen Zweck ebenso geeignet war wie Putzwolle. Mit einem Stock, den die letzten Bewohner hinterlassen hatten, stocherte sie in der Kohle und in der Holzasche. Der Geruch nach gerösteten Maistortillas, nach Knoblauch und Chili, das über den Flammen köchelte, nach gebratenen Kutteln, deren Fett in der gußeisernen Pfanne spritzte, stieg ihr wie Staub in die Nase. Sie hob den Rost und berührte die klebrigen Fettreste. Als die Bodenbretter der Veranda unter dem Gewicht von Perfectos Stiefeln ächzten, der gerade auf einen Skorpion trat, drehte Petra sich um.

»*Niño de tierra*«, sagte er und sah sich suchend nach weiteren Skorpionen um. Der Wind fuhr unter die breite Krempe seines Hutes.

Perfecto machte sich an die Inspektion der Hütte, die aus zwei Räumen bestand; immer wieder schob er dabei seine ständig rutschende, dicke Brille über den Nasenrücken nach oben. Er drehte am Türknauf und betrat ein schmutziges Zimmer, dessen einziges Fenster auf die Veranda hinausging. Der Gestank der Verzweiflung hing in dem trüben Sonnenlicht, und Perfecto schlug mit der Faust auf den klemmenden Fensterrahmen, damit wenigstens etwas frische Luft in das Zimmer kam. Spinnweben hingen in den Ecken. Es gab keine Betten, nur ein paar Obstkisten als Sitzgelegenheiten, die wie für ein Kartenspiel um einen Tisch gruppiert waren. Perfecto schloß daraus, daß hier zuvor nur Männer gehaust hatten. Er wollte den Tisch hinaus neben die Kochgrube stellen. In einer Ecke konnte man aus den drei Obstkisten gut Petras Altar mit *Jesucristo, La Virgen María y José* aufstellen. Langsam ging er weiter und untersuchte das Dach nach undichten Stellen.

In der Mitte des zweiten Zimmers entdeckte Perfecto einen toten Vogel. Vögel, vor allem Spatzen, suchten sich oft einen Weg in verlassene Häuser, wo sie in selbstmörderischer Absicht gegen die Wände flogen. Aber tote Vögel jagten Petra Angst ein, und so hob er den kleinen Leichnam an einem der steifen, bekrallten Füßchen auf und warf ihn zum Seitenfenster hinaus. Perfecto Flores, der siebenunddreißig Jahre älter als Petra war, würde den Vogel nicht erwähnen.

Petra holte den Besen aus dem Kombi. Sie sah, wie Estrella mit ihren langen Beinen leichtfüßig über die hohen Halme des wilden Senfgrases sprang, während ihre eigenen Beine schwer von Krampfadern waren. Sie rief Estrellas Namen, schwang drohend den Besen und schrie ihren anderen Kindern zu:

»Kommt sofort zurück, *huercos fregados*, was glaubt ihr denn, wer ihr seid, *corriendo sin zapatos? ¡Te van a comer los niños de tierra!* Die Skorpione! Hier ohne Schuhe rumzulaufen, *huerquitos fregados!*« Aber ihre Worte gingen unter in dem Rauschen der Bäume.

Estrella lauschte den mahnenden Worten und dem Rascheln der Blätter. Die Eukalyptusbäume säumten die staubige Straße wie eine Reihe dünner Revuegirls, die ihre federngeschmückten Fächer spreizten. Eine leichte

Brise bauschte ihr Kleid, und einen Moment lang umfaßte sie ihre Ellbogen, während sie zusah, wie ihre Mutter mit dem Besen gegen den mentholhaltigen Wind anfegte. Dann schaute Estrella zu der Scheune hinüber, die sich seitlich hinter der Hütte befand. Sie konnte einfach nicht bis zum nächsten Morgen warten, um sie sich anzusehen, und fing zu laufen an. Da sie die Älteste war, gerade eben dreizehn geworden (in der Vorstellung der Mutter eine Unglückszahl, weswegen beide kaum mehr erwarten konnten, daß sie endlich vierzehn wurde), kam sie als erste bei der Scheune an. Sie bremste die Zwillinge mit einer unwirschen Armbewegung und rieb ihren nackten Fuß, der sie juckte, an einem Büschel Löwenzahn.
Die Kinder blieben im Schatten der Scheune, einer wahren Kathedrale in ihren Ausmaßen, stehen. Das Lachen der Zwillinge verebbte zu einem Flüstern. Das eine der beiden Mädchen, Perla, bekam es schließlich mit der Angst zu tun und kratzte sich ausgiebig dort am Hinterkopf, wo ihre beiden Zöpfe sich teilten. Die andere der beiden Zwillingsschwestern, die alle nur Cookie nannten, obwohl sie eigentlich Cuca hieß, kniff ein Auge zu und folgte mit dem anderen der schiefen, abgesplitterten Bretterverkleidung, bis sie in den freien Himmel starrte. Nur Estrella konzentrierte sich auf das Tor mit der abgeblätterten weißen Farbe, wobei sie den zerrissenen Saum ihres Kleides festhielt, damit es der Wind nicht hoch heben konnte.
Perla hörte schließlich auf, sich zu kratzen, und wartete ab, was ihre älteste Schwester tun würde.

»Ich sag's Mama«, krähte Cookie.
Estrella streckte als erste den Kopf hinein. Ein wohliger Geruch nach Dung und feuchtem Stroh hing in der Luft, in der dicke Staubwolken schwebten. Die Scheune machte einen merkwürdigen, verlassenen Eindruck; schwer lastete die Abwesenheit von Lebewesen auf ihr, und der Wind fuhr heulend zwischen die Bretter. Estrella fiel eine Kette auf, die von der Decke hing. Sie hatte dicke Glieder, war lang und rostig und schwang wie ein Pendel hin und her, als ob sie gerade jemand angestoßen hätte und gleich darauf davongerannt wäre.
Plötzlich ging das Scheunentor auf, und es quietschte schlimmer als die Bremsen von Perfectos Wagen. Das Kreischen der verrosteten Angeln schreckte auch die Eulen und Schwalben auf, die im Giebel hockten, und das Gewirr aus taumelnden Federn und flatternden Bewegungen ließ die Zwillinge zusammenfahren. Alles geschah blitzschnell. Die Schwalben und Eulen, die unter schrillem Gekreische davonstoben und einen Federregen niedergehen ließen, die schreienden Mädchen.

»Da raufen ein paar Katzen«, flüsterte Alejo zwischen den Spitzen seiner Concord-Tennisschuhe und den kleinen Zweigen hindurch, hinunter zu Gumencindo. Beide Cousins reckten die Köpfe nach oben. Vögel wirbelten hoch in die Luft wie kleine Schnitzel wütend zerrissenen Papiers. Die zahllosen Baumreihen neigten sich erst in die eine Richtung, hielten inne und bogen sich wieder zurück, aber Alejo konnte nicht erkennen, aus welcher Richtung die Vögel kamen. Dumpf schlugen ein paar

Pfirsiche auf dem Boden auf. Alejo packte einen Ast und kletterte hinunter; dabei schabte einer der knorrigen Hauptäste seinen Rücken entlang. Ein Frösteln überlief ihn. Seine Füße baumelten noch einen Augenblick in der Luft, bevor er sich auf den Boden fallen ließ und Staub unter den Sohlen seiner Schuhe aufwirbelte.

»Machen wir, daß wir hier wegkommen«, flehte Gumencindo ihn an. Er schleppte einen vollen Sack zu einem Baum und lehnte ihn an den Stamm. Dort drehte er schnell den Kopf, um zu sehen, was Alejo tat. Das Gekreische brach ebenso unvermittelt ab, wie es begonnen hatte. Ein paar verirrte Vögel segelten an ihnen vorbei.

»Was meinst du?«

»Da raufen doch nur ein paar Katzen«, wiederholte Alejo, mehr zu sich selbst als an seinen Cousin gerichtet. Langsam verblaßte der Tag. Alejo warf einen prüfenden Blick auf den Baum, der südlich von ihm stand und üppig mit reifen Pfirsichen behangen war. Ein letzter Rest an Sonnenlicht setzte sich in der Krone des Baumes fest, dessen Blätter metallisch aufblitzten wie golden züngelnde Flammen. Alejo packte einen Zipfel des groben Leinensackes, den Gumencindo in der Hand hatte, nahm den anderen Sack, der an dem Stamm lehnte, hoch und wog beide gegeneinander ab; seine Hände waren die Waagschalen, die prüften, ob auch beide Cousins den gleichen Anteil bekamen. Schließlich reichte er den größeren, ausladenderen Sack einem verängstigten Gumencindo.

»Ich habe immer gedacht, daß die Geschichte von La Llorona, die ihre Kinder betrauert, nur eine Erfindung sei«, bemerkte Gumencindo. Sein Schatten war lang und schmal und wurde von einem Baumstamm in der Mitte geteilt; einen Moment lang wunderte Alejo sich über die Art, wie der Schattenkopf seines Cousins im Gehen immer wieder gegen die Bäume stieß. Dabei stolperte er über eine Wurzel, und die Pfirsiche kullerten aus seinem Sack. Die beiden Jungen sammelten die Früchte wieder ein, während die Blätter ihre Schatten wie eine Decke aus schwarzer Spitze über ihre Rücken breiteten.

»Nur noch ein paar Bäume, bevor es ganz dunkel wird, in Ordnung *'mano?«* fragte Alejo und warf ein paar der zuvor gepflückten Pfirsiche wieder fort. »Die Hälfte davon ist ohnehin angeschlagen.«

»Scheiße, ich hasse das.«

»Keiner kauft dir angeschlagenes Obst ab.«

»Das ist mir doch egal.«

Das, was Estrella von ihrem echten Vater am deutlichsten in Erinnerung hatte, war eine Orange. Er hatte einmal eine riesige Orange für sie geschält, in einer Plantage, wo sie zum Pinkeln angehalten hatten. Sie waren auf dem Weg nach Norden, wo die Weintrauben darauf warteten, in der Sonne getrocknet zu werden, und wo es Arbeit in Hülle und Fülle gab, wie man sagte. Die Zwillinge steckten damals noch in den Windeln, kleine Babys, die hysterisch mit ihren Fäusten auf die Luft eintrommelten. Die Jungen konnten sich problemlos neben ihrem Pickup erleichtern, während Estrella und ihre Mutter tief in die Plantage hineinlaufen mußten, um ungestört zu sein.

Sie kauerten sich in einen Kreis aus Bäumen, während

die Orangen wie große Ornamente über ihren Köpfen hingen. In den Augen ihrer Mutter war es kein Diebstahl, als sie ein paar davon pflückte: so viele verfaulten bereits auf dem Boden. Die beiden waren schließlich allein, und kein Aufseher war da, um ihnen vorzuhalten, daß das Obst, das sie pflückten, nicht für sie bestimmt war; keiner war da, der sie davon abhielt, Estrella eine Orange zu schenken, so groß, daß sie beide Hände benötigte, um sie zu ihrem Vater zurückzutragen. Ihr Vater hatte einen Stiefel auf die insektenverschmierte Stoßstange des Wagens gestellt. Am meisten beeindruckte sie die Art, wie sein Daumennagel in einer einzigen langen Spirale die Schale von der Orange löste, so, als ob ihr Vater die Sonne durchpflügte, als ob es von größter Wichtigkeit für ihn wäre, die Orange vom Stielansatz bis zum Nabel in einem Stück zu schälen. Manchmal meinte sie, sich daran zu erinnern, daß er einen Schnurrbart trug, manchmal, daß er eine Bugler-Zigarette rauchte, aber immer schälte er dabei eine Orange.

Die Frauen in den Wanderarbeitercamps hatten ihrer Mutter geraten: *Es ist ein Fehler, deinem Mann davonzulaufen.* Er würde sie und die Kinder nicht in Ruhe lassen, nicht etwa, weil er sie unbedingt zurückhaben wolle, sondern weil das wie ein Schlag in sein Gesicht wäre; und wenn er nur genügend Alkohol intus hätte, würde er bestimmt bei allen Heiligen schwören, daß er sie alle umbrächte. Estrellas Patentante sagte dasselbe und noch einiges mehr. *Du wirst für immer eine einsame Frau sein,* sagte sie zu Estrellas Mutter, *keiner will eine Frau mit einem Haufen vaterloser Kinder haben, keiner. Du wirst erst dann*

wissen, was Hunger wirklich ist, wenn es dir deine huercos ins Gesicht plärren. Und was dann?
Statt dessen war es ihr Vater, der davongelaufen war, nach Mexiko, wie ihre Mutter zuerst sagte, um einen Onkel zu beerdigen; und das genau in dem Moment, als sie sich gerade in einer Wohnung in der Stadt eingerichtet hatten in der Hoffnung, nie mehr ein Wanderarbeitercamp betreten zu müssen. Estrella hatte nicht mehr viel Erinnerung an diese Jahre, nur noch daran, daß die Zwillinge irgendwann anfingen, sie Mama zu rufen. Am deutlichsten hatte sie ihre Mutter in Erinnerung, wie sie irgendwo kniete und betete oder hektisch hin und her lief, mit den Türen knallte, sich im Bad einsperrte und in den Schuhschachteln voller Zettel, Rechnungen, Briefe, Dokumente und loser Dollarnoten wühlte, die für Gelegenheiten wie diese dort versteckt waren; Estrella erinnerte sich an die Anrufe mitten in der Nacht, an das Geld, das ihrem Vater für seine Rückkehr geschickt wurde, an die lautstarken Streitereien am Telefon, an unterbrochene Verbindungen, an irgendwelchen Ärger an der Grenze, an noch mehr Geld, das hinuntergeschickt wurde, an eine plötzlich auftretende Krankheit. Auf jeden Anruf folgte nur noch längeres Schweigen, jede weitere Bitte um Geld war mit noch größeren Verletzungen verbunden. Sie erinnerte sich, daß keine Arbeit genug einbrachte und daß in der Unsicherheit eigentlich immer nur eines ganz sicher war: daß es nie genügend zu essen gab.
Irgendwann wurde ihnen das Telefon abgestellt. Sie erinnerte sich, wie sie auszogen, wie sie die ganze Nacht

über packten, nichts als Tüten voller Müll hinterließen und in eine billigere Bleibe zogen, deren Miete sie sich aber auch nicht lange leisten konnten, um schließlich in der Wohnung von Estrellas Patentante, dann bei Freunden und endlich wieder in den Wanderarbeitercamps zu landen. Und immer ließen sie dabei Sachen zurück, die sie nicht mehr unterbringen, nicht mehr einpacken, nicht mehr mitnehmen konnten: wie eine Spur aus Brotkrumen für ihren Vater. Der Mutter fiel nicht ein, daß man die Änderung der Adresse auch per Postkarte mitteilen oder daß man sich die Post nachschicken lassen konnte, und so glaubte Estrella eine Weile, daß sie es ihrer eigenen Dummheit zu verdanken hatte, daß ihr Vater ihnen keine Briefe schrieb.

Estrella sollte nie erfahren, ob ihr Vater sein Handeln je bereut hatte oder nicht. Sie sollte nie erfahren, ob er ebensooft an sie dachte wie ihre Mutter an ihn. Das konnte sie ihrer Mutter an den Augen ablesen: »Ißt er in diesem Moment auch ein Ei, so wie ich ein Ei esse? Schaut er hinauf zum Mond, so wie ich zum Mond hinaufschaue, sieht auch er einen roten Wagen, wartet er ebenso wie ich?«

Die Erkenntnis, daß er nie mehr zurückkommen würde, setzte nur schleichend ein. Estrella wachte nicht eines Morgens mit dem Wissen auf, daß sie es nun *wußte.* Die Erkenntnis überkam sie ebenso langsam wie ihre Mutter. Wie das Morgenlicht, das ohne eigenes Zutun heraufdämmert und die Nacht ablöst, die plötzlich nicht mehr da ist: so fehlte auch er und kam nicht mehr zurück.

»Ihr habt in der Scheune nichts zu suchen«, stieß Perfecto keuchend hervor; seine Stimme war nicht mehr als ein Flüstern. Seine Brust dehnte sich, als würden seine Lungen jeden Moment bersten. Heulend klammerten sich die Zwillinge an Perfectos Gürtel, zerrten daran und kämpften um seine Aufmerksamkeit. Er beugte sich nach vorne und stützte sich mit beiden Händen auf den Knien ab, um wieder besser Luft zu bekommen; dabei fiel sein Hut zu Boden. Jetzt kamen auch die Jungen zur Scheune gerannt und hörten noch, wie er Estrella ausschimpfte.
»Bist du blind? Siehst du nicht, daß die Wände jeden Moment einstürzen können? Du wärst schuld gewesen, wenn die sich etwas getan hätten.«
Perfecto atmete mit bebenden Nasenflügeln ein. Er wollte noch etwas hinzufügen, fuhr sich aber erst mit der Zunge über seine ausgetrockneten und rissigen Lippen. »Geht und helft eurer Mutter. Na los!« Arnulf und Ricky rannten lachend davon, aber Estrella war überrascht von der Heftigkeit seiner Worte. Ihre Brust rasselte und pfiff wie ein knackendes Holzscheit. Ihr Zopf hatte sich zum größten Teil aufgelöst, und ihr offenes langes Haar schwang träge um ihr Kinn. Sie klemmte sich ein paar Strähnen hinters Ohr und starrte Perfecto, an ihrer Unterlippe nagend, böse an. Schließlich stapfte sie wütend davon, mit Wangen so rot wie zwei glühende Kohlen. Perla hob Perfectos Strohhut auf und reichte ihn ihm, während Cookie mit ihrem Handrücken über ihre triefende Nase strich.
Estrella holte bald ihre Brüder ein, packte Ricky an seinem grün-braun gestreiften T-Shirt, versetzte ihm ei-

nen Stoß und riß ihn wieder zurück. Mit zwei Fäusten so hart wie Walnüsse prügelte er erfolglos auf die Luft ein. Aber nach ein paar Schubsern hatte seine Schwester genug von ihrer Rache. Sie ließ ihn los, zog sich auf den Zaun hoch, der die Koppel umgab, schwang ein Bein hinüber, setzte sich rittlings auf das oberste Brett und sprang auf der anderen Seite wieder hinunter, während sich ihre zwei Brüder weiter unten zwischen zwei Brettern hindurchquetschten. Estrella lief ihnen zur Hütte voraus. Die Köpfe der Kinder hüpften zwischen den glänzenden hohen Grashalmen wie auf Wasser auf und ab.

»He, jetzt komm, Star«, rief Ricky ihr nach. »Sei doch nicht so sauer.«

»Er ist aber nicht mein Papa«, erwiderte Estrella.

»Und?« meinte Arnulfo und versuchte, mit ihr Schritt zu halten.

»Flick lieber deine Hosen, die sind zerrissen«, fuhr sie ihn an und rannte weiter voraus; ihr Haar hüpfte dabei wie eine schwarze Quaste auf und ab. Ihre Brüder liefen ihr hinterher, und gleich darauf kamen die Zwillinge angewackelt. Hinter ihnen ging Perfecto, der sich mit seinem Hut Luft zufächelte.

»Hier kann jeden Moment ein Unfall passieren«, hatte Petra gesagt. Estrellas richtiger Vater schaute kurz zu ihr hoch, während er die alten Schnürsenkel aus seinen Schuhen zog. Das Autobahnkreuz direkt über ihrer Wohnung schwang sich wie eine Schleife aus Asphalt und Zement hoch in die Luft, und die Autos schwenkten mit quietschenden Reifen in die unerwartet engen Kurven.

Die Sonne spiegelt sich in den Leitplanken aus Stahl, die die Auffahrten säumten. »Warte nur, du wirst schon sehen«, sagte Petra, und ihr Atem beschlug die Fensterscheibe, »eines Tages schießt ein Auto über die Fahrbahn hinaus.«

Seine neuen Schnürsenkel waren zu lang, und so kürzte er sie mit seinem altmodischen Rasiermesser, das er den ganzen weiten Weg aus Jerez, Zacatecas, mitgebracht hatte. Er hatte Spucke auf die ausgefransten Enden getan, um die Bänder wieder sorgfältig durch die Ösen seiner Schuhe einfädeln zu können, und hatte sich anschließend tief gebückt und erst den einen und dann den anderen Fuß in seinen festen Lederschuhen verschwinden lassen. Sein Rücken zeichnete sich krumm wie eine Sichel vor dem Fenster ab, und Petra ließ ihre nach Knoblauch riechenden Finger über die Knorpel seiner Wirbelsäule wandern. Er war ein Mann mit Wimpern so dicht wie Piniennadeln, ein Mann, der niemals flüsterte; seine Worte schepperten wie leere Dosen in einer Einkaufstasche, und in Gegenwart der schlafenden Kinder mußte sie seine Lautstärke immer dämpfen. Ihre Finger schnurrten über seine Wirbelsäule, bis er aufstand und hinausging.

Der Verkehr nahm zu, und immer mehr Autos stauten sich auf der kurvigen Auffahrt der Schnellstraße, bis sie sich wie eine Halskette, die zerriß, wieder auflösten und sich als einzelne Perlen über den Asphalt ergossen und davonrollten; Petra wartete atemlos, bis sich die Gummiprofile der Reifen wieder mit der Fahrbahn vereinten.

Er hatte die Nerven und das Rückgrat, es zu tun. Fast

beneidete sie ihn darum. Die Geschichten, die sich um seinen Verbleib rankten, waren so zahlreich wie die Rechnungen, die sie in der alten Schuhschachtel aufbewahrte. Hatte er tatsächlich einen Laden in Ensenada, wo er tütenweise Erdnüsse und Keramik verkaufte? War er es, der den Whittier Boulevard in Los Angeles an der Seite einer Frau überquerte, die so hohe Absätze trug, daß sie fast so groß wie er war? War das möglich? Petra erzählte Estrella alle möglichen Lügen, da sie nicht wissen sollte, daß ihr Vater jede Erinnerung an sie aus seinem Herzen verbannt hatte, und so log sie ihrer Tochter schamlos ins Gesicht. Während die Worte aus ihrem Mund strömten, wurde ihr klar, daß die Wahrheit nur eine andere Form der Lüge war. War wirklich er es gewesen, der die Nerven hatte, einfach zu verschwinden, wie es ihm gefiel, als ob sein Leben ihm und nur ihm allein gehörte?

Sie rollte die Perlen des Rosenkranzes hin und her, bekreuzigte sich und setzte dem steten Strom seiner Versprechen in ihren Kopf und ihren Mund, der verzweifelt nach Luft schnappte, endlich ein Ende. Sie stürzte, fiel kopfüber über eine Autobahnbrücke; sie kniff die Augen zusammen, um nicht weiterhin die schlammfarbenen Mülltüten zu sehen, die mit den Habseligkeiten der Familie vollgestopft waren und im ganzen Zimmer herumlagen. Nur Geräusche ließen darauf schließen, daß es noch ein anderes Leben gab: Ein Nachbar zerrte eine Abfalltonne an den Straßenrand (Morgen); eine Toilettenspülung wurde betätigt (jemand kam von der Arbeit nach Hause); die Zwillinge brüllten (Essenszeit); metallisch kreischende Bremsen in mörderischen Kur-

ven; der lange, alles durchdringende Ton einer Autohupe (der Monatserste, der rasanter als jedes Auto heranbrauste); das schrille Läuten des Telefons, das ihr Herz stehenbleiben ließ wie die Zeiger einer kaputten Uhr.
Estrella hatte die strampelnden Zwillinge lange in ihrer Armbeuge herumgetragen, sie schließlich vor einen umgedrehten Blecheimer gesetzt und ihnen ein paar Holzlöffel in die Hand gedrückt. Petra konnte sie durch die Tür des Badezimmers hören. Sie hatte sich in den Ballen ihres Daumens gebissen und ein Stück Fleisch herausgerissen, war zur Badewanne getaumelt, hatte kaltes Wasser einlaufen lassen und die Blutstropfen, die wie die Samen eines Granatapfels ins Wasser perlten, abgewaschen. Die Kleinen schlugen auf den Blecheimer ein, bis das dünne Echo ihrer Schläge zu einem tosenden Chor angeschwollen war und schepperte wie laut aufeinanderkrachende Unfallautos und Petra die Tür weit aufriß, sich die Hände auf die Ohren preßte und schrie: »Aufhören! Aufhören! Aufhören!« Und die Jungen, völlig verängstigt von dem Gebrüll, krochen auf dem Bauch unter das Bettgestell mit der Sprungfedermatratze, wo sie sich versteckten, bis sich Estrella, mit grün funkelnden Punkten in den braunen Augen, neben dem offenen Schrank aufbaute, wo tote Küchenschaben vor sich hin moderten, sich zwischen Petra und die Kinder warf und ihre Mutter anschrie: »*Du* hörst jetzt auf damit, Mama! *Du* hörst jetzt auf!«
Nichts war in dem Küchenschrank außer dem strengen Geruch nach Fliegenpapier und toten Küchenschaben,

dem verschütteten Salz auf dem ausgebleichten Auslegepapier mit dem Sonnenblumenmuster und der Schachtel Quäker-Haferflocken. Estrella packte den runden, rot-weiß-blauen Karton mit dem pausbäckigen und rotwangigen Quäker und schüttelte ihn heftig; Leere war die einzige Musik, die ihm entströmte. Die Zwillinge fingen an zu heulen, und einen Moment lang verengten sich Estrellas Augen zu schmalen Schlitzen. Petra sah, wie sie schließlich ihre Hand in den Pappendeckelquäker schob, als ob der eine Trommel wäre; schniefend zogen die Zwillinge den Rotz hoch. Einen Fuß in der Luft, den anderen Fuß am Boden, eingehüllt in ihr wehendes Kleid, das an ihr herabfloß wie Wasser, so schlug Estrella auf den flachen Hut des Quäkers ein, tätschelte sein rundes, fleischiges Doppelkinn, zerwühlte sein langes, welliges Haar, das so silbrig glänzte wie cremig heiße Hafergrütze – und jetzt endlich schoben sich die Jungen wieder unter dem Bettgestell hervor. *Loca* – wie eine Besessene tanzte Estrella durch das Zimmer, um die überquellenden Mülltüten herum, herum um Petra, hinein in die Küchenecke und wieder heraus, hinauf auf das Bettgestell und wieder hinunter, und nichts war zu hören außer dem laut hämmernden Tamtam ihrer Schläge.

Petra, deren Mund zu einer harten und zerklüfteten Linie zusammengepreßt war, hielt es nicht mehr aus. Sie stürzte aus der Wohnung, stürmte die Treppe zum Parkplatz hinunter und hinaus auf die Straße, wo sie ziellos weiterlief. An der Kreuzung, wo sich der Boulevard teilte, blieb sie stehen und wartete, daß die Autos anhielten,

wartete auf ihn, auf irgend jemand, der sie über die breite Fahrbahn führte; aber die Perlen rollten weiter, nur Zentimeter von ihr entfernt zischten heulend scharfe, silberne Pfeile an ihr vorbei.
Petra betrachtete ihre Hände und erinnerte sich an eine Zeit, als ihre beiden Körper so verschlungen wie zwei zum Glückwunsch überkreuzte Finger gewesen waren. An den Rändern ihrer Bißwunde bildete sich blutiger Schorf. Der unablässig wehende Wind schlug ihr unerbittlich ins Gesicht. Die Zwillinge waren so hungrig und ihre Füße so müde, zu müde, um sie zu heben. Das Echo von Stimmen, wütende Rufe, Drohungen, die sie über den Lärm der Autohupen hinweg kaum verstehen konnte. Dann fiel ihr ihr Vater ein, der sein Leben lang Zementsäcke geschleppt hatte; die Art, wie er sich für ihre tägliche Mahlzeit die sechzig Pfund schweren Säcke über seine gebeugten Schultern warf; das Gewicht, das seinen Rücken krümmte wie einen schief eingeschlagenen Nagel. Und dann mußte sie an ihre älteste Tochter Estrella denken, die die Kleinen mit Lärm satt zu bekommen versuchte, die dabei mit den Füßen aufstampfte, mit den Händen trommelte und wie eine Besessene ohne Musik tanzte, *loca,* die wie eine Wahnsinnige mit einer leeren Schachtel in der Hand herumhüpfte, auf der ein pausbäckiger Quäker abgebildet war. Einen Fuß in der Luft, den anderen Fuß am Boden, so schleppte Petra sich schließlich über die Fahrspur des breiten, grimmigen Boulevards; Bremsen kreischten, Stoßstangen krachten aufeinander, und Scheinwerfer explodierten wie aufbrausende Gemüter. Einen Fuß in der Luft, den anderen

Fuß am Boden, aber es hatte sich ausgetanzt mit dem leeren Quäker.

»Hast du was gesehen?« fragte Alejo. Der aschgraue Schatten der Scheune wurde lang und länger, bis er schließlich über den Zaun der Koppel hüpfte und im Rhythmus des Wogens und Wiegens der schlanken Grashalme erzitterte. Alejo konnte nicht sagen, ob es sich bei der Gestalt, die hinter das hoch aufragende Gebäude geschlüpft war, um einen zwergenhaften Erwachsenen oder um ein stämmiges Kind handelte.
»Ich habe niemanden gesehen.«
»Das Kind könnte sich weh tun.«
»Wir haben keine Zeit für so was. *¿Entiendes Méndez?*« Gumencindo war für seine Verhältnisse ungewöhnlich unnachgiebig. »Wollen wir hier jetzt fertig werden oder nicht?«
»Wozu die Eile?«
»Es wird dunkel. Deswegen die Eile.«
»Sieht aus wie eines von den García-Kindern«, meinte Alejo, lehnte seinen Sack mit Pfirsichen gegen einen Baum und lief Richtung Scheune, wobei er einen schmalen Pfad durch das hohe Gras trampelte. Gumencindo folgte ihm dicht hinterher. Ihre Schatten strichen über die Holzwände, in die tief und ungelenk allerlei Initialen geritzt waren: IBT, Joe H, ein schiefes Herz, ein paar Jahreszahlen, Buchstaben, hinter denen Kreuze standen, *por vida.* Neben dem Seiteneingang lag eine goldene Decke aus Stroh, unter der Blech und Glasscherben hervorschimmerten, und bis auf das Knirschen der getrock-

neten Vogelexkremente, die sich wie Kies unter ihren Schuhen anfühlten, war es völlig still in der Scheune.
»Siehst du? Keiner da.« Alejo spürte Gumencindos feuchten Atem im Nacken.
Langsam bog Alejo um die Ecke. Oben in den Dachgesimsen aus Zedernholz, zwischen Stroh, kleinen Zweigen und Federn, flogen vereinzelt Schwalben hoch. Vorsichtig drückte Alejo seinen Bauch gegen die schiefe Wand. Ein vorstehender rostiger Nagel verfing sich im Knopfloch seines Arbeitshemds und ließ ihn zurückprallen. Mit einem trockenen Geräusch, so laut, daß gleich darauf ein aufgeregtes Flattern in den Dachsparren der Scheune zu hören war, zerriß das Hemd.
Die beiden Cousins zuckten zusammen. Gumencindo legte nervös den Kopf in den Nacken und starrte zu der Holzverkleidung hinauf, bis ihm die Sonnenstrahlen wie Balken in die Augen stachen; und plötzlich sprang der Junge hervor, wie aus dem Nichts, mit den kurzen Armstümpfen rudernd, die Backen aufgeblasen wie ein Kugelfisch.
»Siehst du ihn? Gleich da drüben«, sagte Alejo und deutete in die Richtung. Gumencindo blinzelte, und Tränen traten in seine Augen. Staub legte sich wie frisch gemahlener Pfeffer auf ihre Köpfe, und Alejo hoffte, daß der Junge draußen vor der Scheune bleiben möge. Die Haut zwischen Oberlippe und Nase des Jungen war an der Nasenspitze und an einem seiner platten Nasenlöcher festgewachsen. Alejo hatte den Jungen noch nie zuvor gesehen. Zwei schwarz glänzende Murmeln starrten ihn aus dem flockigen Weiß seiner Augen an, aber es

hatte den Anschein, als wären sie auf eine Stelle irgendwo oberhalb von Alejos Kopf gerichtet.
»Das wird mir allmählich unheimlich, *'mano*«, meinte Gumencindo und rieb sich so heftig ein Auge, daß es feuerrot wurde. Dann kehrte er wieder dorthin zurück, wo sie ihre Säcke abgestellt hatten, und lehnte sich an den Pfirsichbaum, wo er seine Hand tief in die Gesäßtasche seiner schmutzigen Hose schob, ein weiches Stofftaschentuch herausholte und sich damit über beide Augen fuhr, um wieder besser sehen zu können.
Der Junge wurde unruhig. Schatten huschten über den vermoderten Trog, und Alejo kam es merkwürdig vor, daß das Kind allein war. Aber es hopste herum und schlug übermütig die Hände zusammen wie zwei klappernde Kastagnetten, als wollte es die flüchtigen Schatten der Bäume damit fangen. Alejo wollte gerade erleichtert aufatmen, als der Junge über ein paar Zweige stolperte, hinfiel und sich den Ellbogen an einer Glasscherbe zerschrammte. Alejo lief zu dem Jungen hin, um ihn zu trösten, aber er wich zurück und verzog weinerlich den Mund zu einem schiefen O, während er vorsichtig seinen blutenden Ellbogen hielt. Alejo hatte den Eindruck, daß er weinte, aber alles, was er hörte, war das Rauschen des Windes in den Bäumen. Sogar das klaffende Loch in seinem Hemd hing stumm und sprachlos wie ein aufgerissener Mund vor seinem Bauch.
Alejo streckte eine Hand aus und klappte den Daumen ein. Dann hob er einen Finger wie den Henkel einer Teetasse, und ein Schwan erschien auf der Erde und erregte die Aufmerksamkeit des Jungen, der fasziniert

auf den graziös innerhalb der Grenzen seines Schattenreiches hin und her schwimmenden Vogel starrte, bis dieser wieder verschwand. Blut tropfte langsam über das Handgelenk des Jungen; vorsichtig rückte er etwas näher an den Rand des Schattens heran, so, als wäre dieser eine Decke, die er hochheben wollte, um darunter nach dem Schwan zu suchen. Da sprang plötzlich ein Elefant aus dem Hintergrund hervor und streckte trompetend seinen Rüssel in die Luft.
Der Junge stand wie angewurzelt da. Er fixierte den Elefanten, der sich erst in ein längliches Kaninchen verwandelte, das hin und her hoppelte, und dann in einen Hund, der jaulte und kläffte und zum Entzücken des Jungen an dessen Ellbogen schnüffelte. Doch es war der Adler in der majestätischen Spannweite aller Finger, der den Jungen seine Verletzung vollends vergessen ließ; der Adler, der sich von einem Turm aus Schatten herunterschwang und mit ausgebreiteten Flügeln ins Sonnenlicht davonglitt. Blut spritzte in alle Richtungen, als der Junge dem Vogel nachjagte, der erst über einem ausrangierten Reifen kreiste, dann auf ein paar Glasscherben herunterstieß, ehe er im Zickzack über den vermoderten Trog glitt und schließlich wieder zu seinem Turm zurückkehrte, wo er ursprünglich aufgetaucht war, um dort endgültig zu verschwinden.

Nicht einmal ein paar Tropfen Menstruationsblut in seinem Kaffee konnten ihn davon abhalten, zu gehen. Estrellas Vater teilte den letzten Streifen Kaugummi in zwei Hälften und gab Petra eine davon. Er wickelte seine

Hälfte aus, steckte sie in den Mund, fing zu kauen an und warf das Stanniolpapier auf den Boden. Dann sagte er, daß er gehen müsse, und versprach, gegen Ende der Woche wiederzukommen. Aber erst eine beiläufige Bemerkung Estrellas über seine Schuhe mit den neuen Schnürsenkeln machte Petra klar, daß er möglicherweise nicht zurückkommen könnte.

»Estrella, *mi'ja*«, hatte Petra gesagt, »Papi muß fort. Sag ihm auf Wiedersehen.«

»Mama, versteck seine Schuhe, damit er nicht weg kann«, flehte Estrella sie an. Aber es war zu spät, zu spät, weil die Tür bereits zugefallen war. Petra erstickte den Schrei, der in ihr hochstieg, mit ihrer Hand, damit sich ihr heißer, lodernder Zorn nicht über ihre Tochter ergoß.

Und was ist das?

Als Estrella zum ersten Mal auf Perfectos roten Werkzeugkasten stieß, der wie ein Koffer neben der Tür stand, wurde sie sehr wütend. – Und was macht man damit? – Sie hatte den Werkzeugkasten geöffnet, und das viele glänzende Metall, die Eisenstangen, die Dinger mit den Griffen und die merkwürdig geformten Gegenstände waren ihr ebenso verwirrend und fremd wie das Alphabet erschienen, das sie nicht entziffern konnte. Der Werkzeugkasten stand Wache neben der Tür, und erbost knallte sie den Deckel wieder über dem Geheimnis zu. Tagelang brachte sie kein Wort heraus vor lauter Wut. Die Mutter glaubte schon, daß sie ein Opfer des bösen Blicks geworden sei.

Estrella haßte es, wenn man Dinge vor ihr verbarg. Die

Lehrer in der Schule waren genauso und gaben ihr nie die Information, die sie haben wollte. Estrella fragte immer wieder: Und was ist das? Und dabei deutete sie mit einem schmutzigen Fingernagel auf die schrägen Linien, die, in Kreide geschrieben, an der Tafel standen. Der Buchstabe *A* war ebenso geschnörkelt wie eine Brechstange, ein Hammerkopf ebenso gespalten wie ein *V*. Die kleinen *i* erinnerten sie an Nägel. Also los, erklären Sie es mir. Aber die meisten Lehrer machten sich mehr Gedanken über den Schmutz unter ihren Fingernägeln. Sie untersuchten ihren Kopf nach Läusen und teilten ihr langes Haar mit Eiscremehölzchen in einzelne Strähnen. Sie schrubbten ihre Finger mit einer Zahnbürste, bis sie so aufgesprungen waren, daß sie keinen Bleistift mehr richtig halten konnte. Sie wünschten ihr alles Gute, wenn die *pisca*, die Erntesaison, vorbei war, und bereiteten die hinteren Bänke bereits wieder für die nächsten Wanderarbeiterkinder vor. Estrella fragte sich oft, was mit all den Sachen passierte, die sie in Werkzeugkästen verstauten und für sich selbst behielten.

Sie erinnerte sich daran, daß eine Lehrerin, eine Mrs. Horn, die ein Gesicht wie ein zerknülltes Papiertaschentuch und eine Hakennase hatte – das war wirklich so –, sie einmal fragte, wieso ihre Mutter sie eigentlich nie badete. Bis dahin wäre Estrella nie in den Sinn gekommen, daß sie schmutzig sei und daß das nasse Handtuch, mit dem sie sich widerstrebend jeden Morgen das Gesicht säubern ließ, das heftige Bürsten ihrer Haare und die festen Zöpfe, die ihre Mutter ihr jeden Morgen daraus flocht, nicht genug waren für Mrs. Horn. Und zum ersten

Mal wurde Estrella klar, daß Worte ebenso schmerzhaft sein konnten wie rostige Nägel, die sich manchmal in die Fersen ihrer nackten Füße bohrten.

Die Windungen und Schnörkel ergaben keinen Sinn für sie, und ihre Formen blieben ihr ebenso fremd und bedeutungslos wie die Kreidelinien auf der Tafel. Aber Perfecto Flores, der Mann, der den Werkzeugkasten mitgebracht hatte, blieb. Er wußte von seinem eigenen Geburtsdatum nur, daß er irgendwann im Jahr 1917 geboren war, eine Zahl, die er mal geträumt hatte. Seine Geschichte blieb unausgesprochen, und seine Erinnerungen tauchten nur in Form von Alpträumen an die Oberfläche. Keiner erinnerte sich daran, ihn bereits vor seiner Ankunft gekannt zu haben, aber jeder verwendete seinen Namen als Synonym für eine Arbeit, die gut ausgeführt worden war.

Er öffnete schließlich seinen Werkzeugkasten und breitete seine Schätze vor ihr aus, als wollte er sie damit wieder zum Sprechen bringen. Er nahm einen Hammer und einen Meißel heraus: *Aquí, pegarle aquí* – damit holt man die Zapfen aus den Gelenken der Scharniere, wenn man eine Tür aushängen will. Man fängt mit dem untersten Scharnier an, lockert den Zapfen hier oben und klopft dazu von unten nach oben. Wenn zu viele Schichten Farbe auf den Türangeln sind, muß man von unten mit dem Schraubenzieher hineinfahren, hier, wo die Zapfen breiter werden. Wenn das nichts hilft, weil deine *manitas* noch nicht kräftig genug sind, dann spann die Schraubzwinge ein, die hier, und dreh sie mit deinem Hammer.

Perfecto Flores lehrte sie auch die richtigen Namen der Werkzeuge: Ein Tischlerhammer, sagte er voller Autorität und demonstrierte dessen Funktion; Schraubenzieher, siehst du, und hielt dabei die verschiedenen Formen in die Höhe und deutete darauf; Schraubenschlüssel in allen Größen; wie Scheren gebogene Zangen, mit denen man ein feinmaschiges Drahtgeflecht oder auch Stacheldraht durchzwicken konnte; eine alte Holzsäge, eine neue Bügelsäge, ein Vorschlaghammer, Brechstange, Meißel, Axt: alles Namen, die den Werkzeugen eine Bedeutung gaben. Werkzeuge, mit denen man erbauen, begraben, einreißen, neu aufbauen und reparieren konnte – ein ganzer Kasten voller guter Gründe, die seine Hände mit Stolz ergriffen. Sie nahm die Brechstange in die Hand und spürte die Kälte des Eisens und die Kraft, die dahintersteckte; schwer lastete die Bedeutung, die sie ihr verlieh, in ihrer Hand, und bald begriff sie, wie wichtig es war, diese Dinge zu wissen. Das war der Augenblick, in dem sie zu lesen anfing.

Perfecto rief nach ihr aus der Hütte; er wollte, daß sie seinen Werkzeugkasten öffnete und ihm dünnere Nägel brachte, diejenigen, die in dem leeren Glas Babynahrung waren. Die dickeren Nägel ließen das spröde Holz zersplittern.

Er kniete sich hin, grub ein handtellergroßes Loch an der Stelle, an der die Feldmäuse ein und aus liefen, und steckte sich die silbrigen Nägel einzeln zwischen seine trockenen Lippen. Sein Haar kringelte sich um seine Ohren und fiel ihm in kleinen glatten Wellen bis in den

Nacken; wenn er seinen Hut nicht trug und die Sonne direkt auf sein silbergraues Haar schien, sah es aus, als würde ein Hauch von Rost darüberliegen. Aber meistens hatte er seinen Hut auf, der im Takt seiner Hammerschläge vibrierte. Er hämmerte rhythmisch und langsam. Er mußte dreimal mit dem schweren Kopf des Hammers ausholen, ehe er jeden einzelnen Nagel in dem verzogenen Holz festklopfen konnte. Er arbeitete vor dem Fenster in einem Rechteck aus Staub, und Estrella sah, wie er seine breite Hand auf dem Boden abstützte, sah seinen bläulich angelaufenen Daumennagel. Perfecto lehnte sich zurück und schob seine Brille auf die Nase, um sein Werk zu begutachten.

»Ich bin zwar nicht dein Papa, aber du machst mich allmählich mürbe mit deinem …«

»Wo hast du die Laterne hin?«

»Bleib ja von der Scheune weg, hörst du mich!«

»Du hast ganz recht. Du bist nicht mein Papa.«

»Das dürfte reichen.«

Sie zögerte zwar, aber schließlich half Estrella ihm doch wieder auf die Beine hoch, indem sie eine Hand unter seinen Ellbogen legte. Das Zimmer war jetzt sauber und soweit in Ordnung, um die Decken auszubreiten. Sie hielten ein himmelblaues Laken in die Höhe, mit dem sie die Zimmer abtrennen wollten. Er hielt einen Zipfel, sie den anderen, und dann nagelte er den einen Zipfel an, reichte ihr den Hammer, und sie tat dasselbe mit dem anderen. Neben dem Eingang trieb er einen dicken Nagel in die Wand, nahm seinen Hut ab und hängte ihn dort auf. Dann stellte er für die schwachen Blasen der

Zwillinge, die sich weigerten, nachts vor die Tür zu gehen, einen Eimer in die Ecke.
»Wie gut, sich endlich beim Schlafen wieder ausstrecken zu können«, sagte er und schlurfte nach draußen.
»Wo hast du die Laterne hingetan?« fragte sie noch einmal und lief ihm hinterher.

Perfecto Flores war nicht ihr Papa. Im letzten Camp, neben dem Wasserspeicher, wo die Landarbeiter ihr Trinkwasser holten, ließ Estrella ihre Fäuste sprechen und verbeulte Maxine Devridge das Maul, um es ihr zu beweisen.
Die Devridges waren insgesamt zu zehnt, diejenigen nicht mitgezählt, die gerade im Gefängnis saßen, und die anderen Familien bauten ihre Zelte immer so weit weg wie möglich von dem ihren auf. Von all den Leuten, die als Wanderarbeiter auf den Feldern schufteten, war Maxine die einzige, von der Estrella den Familiennamen wußte. Familiennamen waren nur Ballast und schnell wieder vergessen, da sie sich mit jeder Ernte, den Jahreszeiten und den Bundesstaaten änderten. Aber an eine oder an einen Devridge erinnerte sich jeder. Die Mutter warnte Estrella, sich ja von ihnen fernzuhalten. Einen Kopf kleiner und zwei Jahre jünger als Maxine, versuchte Estrella sie zu ignorieren, so gut es ging, selbst als sie so dicht neben ihr arbeitete, daß sie Maxine fluchen und schimpfen hörte, wann immer die Sonne zu heiß vom Himmel brannte oder wieder einmal das Trinkwasser ausgegangen war. Als sie die Erntezeit halb hinter sich, aber erst ein Viertel des Tomatenfeldes abgepflückt hat-

ten, wurde einer der Devridge-Jungen, der, der so dürr war wie ein Spargel, in Handschellen gelegt und am Ellbogen quer durch das ganze Camp zu einem viertürigen Buick Wildcat geführt, der neben dem Wasserspeicher abgestellt war. Der spargeldürre Junge war so von sich eingenommen, daß der Mann mit dem breitrandigen Cowboyhut ihm brutal das Kinn auf die Brust drücken mußte, um ihn in den Wagen zu bekommen.

»Gesindel! Blöder Affe!« schrie Maxine, und Estrella wußte nicht, ob sie ihren eigenen Bruder, den Mann oder Big Mac, den Aufseher, damit meinte, der die gaffenden Zuschauer davonscheuchte. Maxine hockte auf der Veranda unter der schiefen Zeltplane vor der Holzbaracke der Devridges, schob ihr bedrucktes Kleid bis über die Knie hoch und klemmte es zwischen ihre Beine. Sie sah dem Buick lange nach, als er wegfuhr. Seitlich am Haus lehnte eine schwere, gewellte Matratze. Maxine fächelte sich mit einem bunten Heft Kühlung zu.

»He, du. Schau mal, was ich hier habe«, schrie Maxine und streckte das Heft in die Luft. Estrella ließ Wasser in ihre hohle Hand fließen, drehte den Hahn zu und trank das Wasser. Als sie Maxine Devridge rufen hörte, trocknete sie ihren nassen Finger an ihrer Brust ab.

»Ja, du da. Sprichst du amerikanisch?« fragte Maxine, und Estrella warf einen schnellen Blick in die Runde, um sicherzugehen, daß die Mutter sie nicht sah. Die Naht in der Taille ihres Kleides riß jedesmal ein Stück weiter auf, wenn Estrella ihre Finger hineinsteckte, um sich an den Moskitostichen zu kratzen; sie kratzte sich auch jetzt, als sie langsam auf die Stufen der Veranda zuschlenderte.

Die blaugestreifte Matratze hatte gelbliche Flecken. Die Mutter war entsetzt, daß die Devridges jeden Morgen völlig schamlos ihre vollgepinkelte Matratze in der Sonne trocknen ließen, wo alle sie sehen konnten. Aber falls Maxine sich wegen der Diebstähle ihres Bruders, wegen der vollgepinkelten Matratze oder wegen der Art, wie sie ihr Kleid zwischen den Beinen hochschob, schämen sollte, so zeigte sie es nicht und fuhr statt dessen fort, stolz mit dem Heft zu wedeln.

Estrella starrte auf Maxines sonnenverbrannte Wangen. Die Härchen auf ihrem Gesicht waren ganz weiß, und ihre Augenbrauen fast unsichtbar. Die Hochglanz-Titelseite des Heftes schimmerte in der Sonne.

»Bist du taub, Mädchen? Schau her, ist das nicht geil?« Maxine deutete auf das Bild von *Millie the Model*, deren blondes Haar in kühnem Schwung nach hinten floß und deren perfekt gemalte Brüste spitz aus ihrem Oberkörper wuchsen. Das Modell weinte, große Tränen schmolzen aus ihren eisblauen Augen.

»Ich habe keine Läuse, Dummerchen.«

»Nenn mich nicht so.«

»Wie soll ich dich denn sonst nennen?«

»Star.«

»Allmächtiger im Himmel, was für ein Name ... So wie Filmstar?« Maxine kniff prüfend ein Auge zusammen; ihr dünnes, strähniges Haar klebte wie ein Helm an ihrem runden Kopf. Die Stufen zur Veranda lagen voller Orangenschalen und aufgebissener und angekauter Sonnenblumenkerne. Ein schmutziger Mörteleimer, in dem noch etwas Wasser war, stand schief auf dem Geländer.

»Wieso flennt sie?«

»Keine Ahnung.«

»Setz dich.« Als Maxine aufstand, knarrten die Bodenbretter. Das Kleid, das sie trug, hatte ein verwaschenes Muster aus gelben Maiskolben mit hier und da ein paar einzelnen Körnern, die jetzt auf ihre Knöchel fielen. Wie sie so oben auf der Stufe stand, schien sie noch größer und magerer als ihr Bruder zu sein.

»Okay, okay. Gib her.« Estrella griff nach dem glänzenden Heft in ihrer Hand. Die Lehrer in den Schulen hatten nie erlaubt, daß sie Bilderbücher mit aus dem Klassenzimmer nahm. Das einzige Buch, das sie jemals besessen hatte, war eine religiöse Fibel gewesen, die ihre Patentante ihr geschenkt hatte. Estrella hatte immer wieder in dieser Fibel »Ich glaube an Gott« gelesen … *Und der Heilige Geist kam über sie in einem gewaltigen Sturm, und Zungen von Feuer erschienen, und er zeigte ihnen seine Liebe und die Macht seiner Gnade.*

Maxines Heft war nicht schwer, und Estrella schlug die erste Seite auf. Auf den Bildern waren mit Worten gefüllte Blasen eingezeichnet. Worte wie die in den Zeitungen, die in Tankstellen im Abfalleimer lagen, oder wie die Kochanweisungen auf der Packung mit Haferflocken oder wie die Reklametafeln, die Estrella immer und immer wieder las: *Clorox wäscht Wäsche mehr als sauber … Es wäscht sie auch noch hygienisch! – Swansons TV-Kost: schmeckt fast wie bei Mama zu Hause. – Coppertone: Die schnellste Bräune unter der Sonne mit einem Maximum an Schutz.* Estrella verfolgte mit ihrem Finger den ersten Satz in dem ersten Kästchen der Zeichentrickgeschichte.

»Lies laut vor«, sagte Maxine und drehte sich um zu den Feldern, die jenseits der Wasserleitung und der Arbeiterbaracken lagen, an denen die Zeltplanen wie Fledermäuse im Wind flatterten. Sie richtete sich kerzengerade auf wie die ARGO-Frau auf der Packung mit Maisstärke. Dann schaute sie auf ihre nackten Füße hinunter und krümmte ihre gelben Zehen auf den Brettern.
»Ich habe noch jede Menge davon, wenn du sie mir vorliest.« Maxine behielt das, was ihr Bruder stahl, und das war eine Obstkiste voller Comic-Hefte.
»Sie mag den da«, erklärte Estrella und deutete auf einen Mann mit einem Fotoapparat um den Hals.
»Dachte ich mir schon, daß es wegen eines Kerls ist.« Maxine setzte sich wieder auf die Veranda und breitete ihr Kleid um sich aus, das ihr bis auf die Füße fiel und sie mit Maiskörnern überschüttete. Dann klemmte sie sich den Stoff zwischen die Knie, damit Estrella auch Platz zum Hinsetzen hatte.
»Sag mir, was da steht«, bat sie, und Estrella tat es, und so fing alles an.
Tag für Tag, wenn die letzte Reihe Tomaten gepflückt war und die Sonne tief stand, ging Estrella die Straße hinunter, um sich mit Maxine zu treffen, die bereits mit einem zusammengerollten Comic-Heft auf sie wartete. Sie schleppte ihre Füße kraftlos über die weiche Erde und lief vornübergebeugt mit krummem Rücken, der von der Sonne weich gekocht war; ihr Wasserkrug war leer und verschmiert von schmutzigen Fingern. Der Geruch nach Tomaten hing an ihren Händen, in ihrem Haar, an ihrem Kopfkissen, bis zum nächsten Morgen und noch

weit in den Tag hinein, bis er sich schließlich zu einem Gestank verdichtete, der sie nicht mehr unaufdringlich umgab, sondern wie eine dicke Paste ihre Nase verstopfte.

Estrella winkte Maxine schon von weitem zu, und Maxine winkte zurück; sie lehnte an einer der Eichen und hatte sich das zusammengerollte Heft unter den Arm geklemmt, während sie ihre Manschette aufknöpfte, um den Ärmel hochzuschieben. Im Gehen klappte Estrellas langärmeliges Hemd vorne auf und flatterte um ihren Körper, der außer mit einem Kleid auch noch mit einem Paar langer Hosen bedeckt war.

Gemeinsam liefen sie zu dem Bewässerungsgraben und machten neben der Fußgängerbrücke halt. Mittlerweile waren ihre Kehlen ausgedörrt und wund, und das Schlucken war eine qualvolle Angelegenheit. Estrella hatte Gerüchte über das Wasser gehört; sie wußte, daß Big Mac, der Aufseher, sie alle anlog und daß Pestizide in den Graben gelassen wurden; aber das Wasser schien so klar und kühl und unwiderstehlich an einem heißen Tag wie diesem.

»Wollen wir kurz mal reinhüpfen?« fragte Maxine und löste bereits ihre Schuhbänder, aber Estrella schüttelte verneinend den Kopf.

»Glaubst du, daß unsere Babys wegen dem Wasser ohne Mund und so rauskommen werden?« fragte Estrella und schob die Ärmel zurück. Sie lag auf dem Bauch und tauchte ihr Halstuch ins Wasser. Das kühle Naß rann wie Samt über ihre Finger und über den Kies.

»Da schau an. Du denkst jetzt schon an Babys«, meinte

Maxine und band ihre Schuhe wieder zu. »Ich weiß nur, daß meine Ma seit über vierzig Jahren dieses Wasser trinkt, und wenn du mich fragst, dann hat sie zu viele Mäuler zu stopfen.« Maxine beugte sich über die Halme, wusch ihr Gesicht und befeuchtete sich die Lippen, aber an diesem Tag trank keine von ihnen auch nur einen Schluck.

Estrella und Maxine lagen Seite an Seite in dem hohen Schilf neben dem Bewässerungsgraben und lasen in Maxines Lieblingsausgabe von *Millie the Model.* Maxine war in Clicker, den Fotografen, verliebt, wollte es aber nicht zugeben, und Estrella machte sich lustig über sie wegen ihrer Vorliebe für den schwächlichen weißen Jungen. Maxine meinte, sie solle lieber ihre Klappe halten, und rückte näher an sie heran, um einen besseren Blick auf das fleckige Comic-Heft zu erhaschen. Sie waren gerade an der Stelle angelangt, an der die rothaarige Stella versuchte, Clicker zu verführen, als ihnen der Wind einen fauligen Geschmack in die Nase trieb.

»Hast du einen fahren gelassen?« fragte Maxine, und Estrella lachte. Maxine stand auf und deutete in eine Richtung. »Schau, schau doch mal«, rief sie und sprudelte aufgeregt einen ganzen Schwall englischer Wörter heraus, der in Estrellas Ohren gar nicht englisch klang. »Schau doch mal dort!« Sie deutete auf einen ertrunkenen, aufgedunsenen Hund, der den Kanal hinuntertrieb. Der Kadaver rollte auf den Rücken, zeigte seinen aufgetriebenen dunklen Bauch und rollte dann langsam wieder auf die Seite; steif wie Speere tauchten seine Beine abwechselnd ins Wasser, um gleich darauf wieder daraus hervorzuschnellen, während er auf die Brücke zu- und schließlich an ihnen vorübertrieb. Die Mädchen hielten sich die Nase zu.

»Der arme kleine Hund«, meinte Estrella. Der stinkende Kadaver blieb an einem Gitter unter der Brücke hängen. Kaum hatte sich der tote Körper verhakt, war er schon von einer dicken Schicht Schmeißfliegen bedeckt, die wie aus dem Nichts aufgetaucht waren. Estrella hob einen Stein und warf ihn nach dem Hund. Maxine half ihr bei ihrem Versuch, den Kadaver zu befreien, damit er weiter auf die andere Seite der Brücke treiben konnte. Da der faulige Gestank und die Fliegen allmählich immer schlimmer wurden, kehrten die Mädchen wieder ins Camp zurück. Maxine trug dabei das zusammengerollte Comic-Heft in der Hand.

Es war Maxine, die das Schweigen brach und es mit Worten füllte, während sie das lange Feld durchquerten; ununterbrochen gab sie Geräusche von sich wie ein quietschendes, kaputtes Rad an einem Einkaufswägelchen, bis sie die Wasserleitung erreicht hatten, die mitten durch das Camp der Wanderarbeiter führte. Hier sahen sie gerade noch, wie Perfecto Flores wegfuhr, um die Mutter abzuholen.

»Wieso ist dein Papa so alt?« fragte Maxine.

»Er ist nicht mein Papa.«

»Warum läßt du dann zu, daß dein Großvater deine Mutter vögelt?«

Estrella blieb abrupt stehen und hinderte Maxine mit einer Bewegung ihres Armes am Weitergehen.

»Was?«

»Das ist doch pervers. Meine Ma sagt, daß man davon vierbeinige Babys bekommt, nicht von dem Wa …«

»Sie läßt sich nicht von ihm bumsen.«

»Und woher willst du das wissen?«

»Weil er nicht mein Papa ist.«

»Jesus, Maria und Josef!« erwiderte Maxine ungläubig und fing zu lachen an. Ihr Gelächter blubberte aus ihr heraus wie das Wasser der Berieselungsanlage, wenn diese eingeschaltet war. »Du meine Fresse, du hast ja wirklich von nichts seine Ahnung!«

»Halt deine Klappe!«

»Die zwei werden ja kaum nur so tun als ob.«

Estrella zog mit einem derartigen Haß an Maxines strähnigen, mausgrauen Haaren, daß sie es selbst kaum fassen konnte. Einen Augenblick lang glaubte sie, das weiße Mädchen umbringen zu können. Sie packte Maxine am Haar, wickelte es sich um die Finger und riß ihr eine Strähne nach der anderen aus. Maxine brüllte vor Schmerz und schlug mit dem Comic-Heft wild auf Estrella ein. Schließlich waren sie so fest ineinander verhakt und so darauf konzentriert, sich gegenseitig weh zu tun, daß sie sich nur noch stumm und mit gekrümmten Fingern an den Haaren rissen, während die derben Sohlen ihrer Arbeitsschuhe das Comic-Heft zu ihren Füßen zertrampelten und zerfetzten. Von den Schaukeln aus alten Autoreifen kamen immer mehr Jungen angerannt, die über die Holzzäune hinwegsetzten und einen Kreis um die beiden Mädchen bildeten, die einander mittlerweile zu Boden gerungen hatten. Sie johlten und stießen anfeuernde Pfiffe aus. Als dann Mrs. Devridge angerannt kam und mit einem Besen auf Estrellas Rücken einschlug, hing dieser das Hemd bereits in Fetzen herunter und entblößte die dunklen Höfe ihrer Brustwarzen. Die Jungen zeigten mit Fingern auf sie und lachten.

»Ihr zwei geht jetzt schleunigst heim, bevor ich euch noch eigenhändig umbringe«, sagte Mama Devridge, deren schwere Brust sich von der Anstrengung des Laufens hob und senkte, mit einem Blick auf Estrella. Sie hatte gerade ein Stück Brot gegessen und kaute immer noch auf dem Rest herum, den sie jetzt rasch hinunterschluckte.

»Macht, daß ihr wegkommt, ihr alle.« Die Jungen wichen zurück, als sie den Luftzug des wirbelnden Besens spürten.

Estrella blickte Maxine erwartungsvoll an in der Hoffnung, von ihr etwas zu hören zu bekommen wie: *Schwamm drüber*, oder: *Schauen wir nach, was der tote Hund macht*, oder: *Lies mir das mal vor*, oder gar: *Wieso hast du das gemacht?* Aber Maxines Gesicht war nichts als rot und verquollen, ihre Oberlippe geschwollen; sie fuhr sich mit dem Ärmel ihres Hemdes über die Nase und drehte sich um. Mama Devridge schob sie vorwärts in Richtung ihrer Baracke.

Estrellas Tränen brannten wie Feuer auf ihren zerkratzten Wangen. Sie mußte hilflos mit ansehen, wie Mama Devridges breiter Rücken Maxine vor ihr abschirmte. Die Jungen umkreisten sie noch ein letztes Mal und ließen sie dann – gelangweilt, weil sich nichts mehr tat – allein. Estrella rührte sich nicht vom Fleck. Ein junges Mädchen kam, füllte vorsichtig einen Eimer mit Wasser und ging wieder weg, wobei ihr das Wasser gegen ein Bein schwappte. Estrella hob die Überreste des Comic-Heftes auf und staubte es ab.

Wenn Perfecto mit der Mutter zurückkam, würde Estrella ihr von der Schlägerei erzählen müssen, und die Mutter würde sich mit schmerzenden, von Krampfadern durchzogenen Beinen seufzend vor das Segeltuchzelt setzen und darauf warten, daß Big Mac angefahren käme und ihnen riete, zu ihrem eigenen Schutz doch besser weiterzuziehen, da er für irgendwelche Schäden oder wütenden Angriffe auf Leib und Leben von seiten der teuflisch rachsüchtigen Devridges nicht verantwortlich sei. Wanderarbeiterfamilien halten zusammen, würde er sagen, das solltet ihr doch wissen. Sie haben ein Auge aufeinander.

Perfecto würde sich das alles mit einem Gesicht wie zerknitterter Khakistoff anhören, seine Brille absetzen und sie mit einem Zipfel seines Arbeitshemdes säubern. Er würde Estrella nicht fragen, worum es bei der Auseinandersetzung gegangen war. Aber er würde denken, sie macht uns nichts als Ärger, dieses widerborstige, langbeinige Mädchen. Wortlos würde er seine Werkzeugkiste öffnen und sie bitten, erst die Zeltnägel mit einem Gummihammer aus dem Boden zu holen und dann die Stricke aus Agavenfasern um ihren Ellbogen aufzuwickeln; dabei hatte sie mit dem Daumen präzise ovale Schlaufen zu formen, um zu vermeiden, daß sich die Stricke verhedderten. Die Zwillinge würden in der Zwischenzeit in einem Stapel aus Kleidern nach ihren vermißten Schuhen suchen. Die Mutter würde die Hände von *Jesucristo* abnehmen, sie in alte Socken stecken, die Figuren der Heiligen in grobe Leinwand schlagen und sie dann oben auf die Teller und Töpfe in der Blechwanne legen; danach würde sie das Zierdeckchen zusammenfalten und es zusammen mit dem Umschlag mit ihren Papieren im Handschuhfach verstauen. Estrella würde die Eckstücke der Zeltstangen mit zwei Schraubzwingen lösen. Die Jungen würden hinter den Bäumen verschwinden und noch schnell soviel wie möglich von dem einsammeln, was sie gerade ernteten, und dann mit bepackten Kissenbezügen wieder zu ihnen zurückkehren. Dann würden sie die Wasserflaschen aus Plastik an der Wasserleitung auffüllen. Eines der Zwillingsmädchen würde bestimmt zu heulen anfangen, weil es einen Schuh nicht finden konnte, und überhaupt – wo war eigentlich die Puppe?

Perfecto würde die langen Stangen auf die ausgebreitete Zeltbahn legen und diese fein säuberlich zusammenrollen; dabei würde er die Plane über die sonnenverbrannte Erde schleifen und so die Abdrücke ihrer Schuhe und die Spuren ihrer Pappkartons entfernen. Estrella würde es nichts ausmachen, daß er sich ärgerte, nicht noch ein paar Tage Arbeit anhängen zu können. Und wie es immer der Fall war, dieses Mal etwas früher als sonst, würden sie schließlich das Camp verlassen; das Comic-Heft würde an der Stelle, wo sie Tage zuvor noch gehaust hatten, mit flatternden Seiten unter einem Stein liegenbleiben.

Der Kombi fuhr an den langen Reihen mit Tomatenstöcken vorbei, wo die beiden Mädchen die Tomaten gepflückt, mit den Hemdsärmeln die weiße Schicht Insektenspray weggerieben und mit Appetit in das harte, grüne Fruchtfleisch gebissen hatten, das sie anschließend gesalzen und aus dem sie den warmen, saftigen Samen gesaugt hatten. Der Kombi fuhr an der ausladenden Eiche vorbei, auf die sie an einem faulen Sonntag geklettert waren, um dort oben zum wiederholten Mal *Millie the Model* zu lesen, obwohl sie eigentlich in der Kirche hätten sein sollen; er fuhr vorbei an dem Graben, wo sie den ertrunkenen Hund gesehen hatten. Keiner außer Estrella sah, daß Maxine der Staubwolke hinterherlief, die der Wagen aufwirbelte. Die beiden Freundinnen starrten einander an, bis so viel Highway zwischen ihnen lag, daß ihre Gesichter verschwammen.

»*¡'Mano, pronto!*« flüsterte Gumencindo und schaute hinauf zu den Schuhsohlen seines Cousins. Man würde sie feuern, wenn man sie erwischte, und Gumencindo wünschte sich nichts mehr, als daß dieser seltsame Tag endlich ein Ende finden möge. Aber Alejo kletterte waghalsig auf einen noch dünneren und noch schwächeren Ast hoch, um einen noch besseren Blick auf den Kanal mit dem kühlen Wasser zu erhaschen. Das Mädchen hockte am Rand des Bewässerungsgrabens und spülte mit den Händen den Schmutz von einer Wassermelone. Alejo hatte sie in dem Moment entdeckt, als sie gerade aufhören wollten. Da glitt ihr die Wassermelone aus der Hand und hüpfte langsam auf dem Wasser zur Mitte des Grabens, von wo aus sie sanft flußabwärts trieb.

Alejo hielt sich weiter an dem Pfirsichbaum fest. Heute abend hatten die beiden Cousins fünfzehn Säcke voller Pfirsiche, obwohl Gumencindo jede Minute, die sie auf der Plantage verbrachten, nur gejammert hatte. Sie würden die Pfirsiche am Sonntag auf dem Markt verkaufen, und Alejo wußte genau, daß sein gieriger Cousin dann zufrieden das volle Portemonnaie in seiner Tasche tätscheln würde. Alejo sah dem Mädchen gespannt zu, wie sie die Wassermelone flußabwärts verfolgte, bis diese nahe genug am Rand war und sie danach greifen konnte. Aber sie entglitt erneut ihren Händen und hüpfte träge davon.

»Fast«, meinte Alejo flüsternd.

»Siehst du schon wieder irgendwelche Dinge?«

Alejo wußte, daß Gumencindo sich vor der Dunkelheit und den beunruhigenden Stunden davor fürchtete. Sein Cousin hatte gar nicht mehr aufgehört, von La Llorona und den Geistern ihrer ertrunkenen Kinder zu reden, so daß Alejo gezwungen gewesen war, sich bei jedem Baum, auf den er kletterte, diese Geschichte von neuem anzuhören. Nein, Gumencindo wollte nicht aus Angst vor dem Aufseher oder dem Verlust ihrer Arbeit, daß er sich beeilte. La Llorona war viel bedrohlicher.

»Da drüben ist ein Mädchen«, flüsterte Alejo.

»Das macht die Sonne, *'mano.* Die trocknet dir das Gehirn aus.«

Alejo konnte sie kaum mehr erkennen, da die Dämmerung sie in einen Scherenschnitt verwandelte. Sie hatte nicht ein Mal in seine Richtung gesehen.

»Pronto, 'mano. Estoy pensando en garrapatas, no garranalgas.«

»Pst.«

»Ich habe Hunger.«

Ihre Bewegungen waren wahrscheinlich nicht so elegant, wie er es sich vorstellte, und es dauerte auch kaum eine Minute, daß sie ihr bedrucktes Kleid raffte, es über ihre nackten Schenkel und den Rücken nach oben schwang, über den Kopf zog und es neben sich ins Gras warf.

»Du bist heute abend übrigens mit dem Kochen dran«, fuhr Gumencindo fort und schwor sich in dem Moment, daß er lieber den Fußboden im Burger King mit der Zahnbürste schrubben würde, als noch einmal einen Job als Obstpflücker anzunehmen.

Sie glitt durch das kühle Wasser des Grabens, wie ein Frosch ihre Beine öffnend und schließend, während sie sich auf die Wassermelone zubewegte; kurz blitzten dabei immer wieder die Rundungen ihrer Hinterbacken auf. Das Wasser war ruhig und glatt und umspülte sie in samtenen Wellen, in denen sich das Mondlicht wie zerbrochenes Silber spiegelte. In diesem Augenblick verlor Alejo den Halt. Der Ast gab unter seinem Gewicht nach und brach, und Alejo fiel durch das Blattwerk. Einen Moment lang wußte Gumencindo nicht, was ihn da von oben traf.

Te vengo a decir adiós, no quiero verte Llorando. Petra wiederholte flüsternd die Liedzeilen, während sie in der sterbenden Glut des Feuers stocherte, bis die Asche vollends in sich zusammenfiel. *Estoy viendo tus ojitos que de agua se están Llenando.* Über das erlöschende Häufchen Glut hinweg sah sie ihre Tochter aus der Dunkelheit treten, dort, wo sich die Reihen der Eukalyptusbäume kreuzten. Estrella trug eine Wassermelone wie ein Baby auf dem Arm, und dieser Anblick machte sie traurig. Petra bückte sich, um sich an einem Moskitostich zu kratzen, der bereits anschwoll. Sie wünschte sich, daß ihre Kinder unschuldig und ehrlich blieben; sie wünschte sich, daß sie immer so zufrieden wären wie am Anfang, aber gleichzeitig zwang sie sie dazu, älter zu sein, als sie es eigentlich waren, um ihrer eigenen Sicherheit willen. Das Lied haftete mit einem Nachgeschmack wie Vanille auf ihrer Zunge. Petra sah ihre Tochter vor ihren Augen wachsen.

»Tu espalda está toda mojada«, sagte sie.

Estrellas langes Haar klebte an ihrem Gesicht, und feuchte Nässe drang durch den Rücken ihres Kleides. Zuerst dachte Estrella, daß ihre Mutter auf sie gewartet hätte. Aber als sie aus dem Lichtschein des Feuers trat, um die Wassermelone auf den Tisch zu legen, bemerkte sie, daß der Blick ihrer Mutter auf die Straße gerichtet war. Erst jetzt sah Estrella, daß der Kombi fort war.

»Wo ist Perfecto?« fragte sie und raffte ihr schwarzes Haar auf dem Hinterkopf zusammen. Der Wind hatte zwar abgeflaut, aber die Feuchtigkeit ihres Kleides machte sie frösteln, und so wandte sie ihren Rücken dem ersterbenden Feuer zu.

»Er ist in dem Laden, der zu der Ranch hier gehört, und schaut, daß er anschreiben lassen kann«, erwiderte die Mutter. Estrella trommelte mit den Fingern auf der Melone; das rhythmische Geräusch lenkte sie ab.

»Wenn Perfecto nicht zurückkommt, können wir zum Frühstück die Melone essen«, meinte Estrella. Sie wollte nur noch in das Zimmer, in dem die Kinder schliefen, und sich dort zwischen die warmen Körper der Zwillinge kuscheln.

»Er kommt schon zurück«, entgegnete die Mutter.

»Komm du auch ins Bett, Mama.«

»Yo no quisiera separarme de tu lado …« Sie stocherte im Feuer. »Estrella?«

»Ja, Mama?«

»Perfecto hat einen *niño de tierra* getötet.« Sie deutete mit dem Stock in Richtung der Veranda. Er war noch warm von ihrem Griff.

»Aquí?« fragte Estrella und suchte den Boden vor der Veranda ab; die Mutter nickte, und Estrella nahm ihr den Stock aus der Hand und zog damit eine Grenzlinie rund um das Haus, während ihre Mutter leise dazu sang. Sie bohrte den Stock in den steinigen Boden und führte ihn erst seitlich, dann hinten um das Haus herum, wo der Text des Liedes im Chor der Grillen unterging. Dann kehrte sie wieder zu ihrem Ausgangspunkt zurück, um ein zweites Mal ein noch tieferes und deutlicheres Oval auf den Boden zu zeichnen. Die Mutter glaubte fest daran, daß Skorpione instinktiv vor Linien zurückschreckten, die keinen Anfang und kein Ende hatten. Estrella fragte sich nie, ob das stimmte. Sie gab ihrer Mutter den Stock zurück.

»Komm ins Haus, Mama.«

»Noch eine Minute.«

»Wirst du denn nie müde?« fragte Estrella.

»Und?« Die Mutter wandte sich kurz ihrer Tochter zu, um sie zu betrachten, und widmete sich dann wieder ihrer gewohnten Nachtwache. *Ojalá Diós lo permita, Pa' estrecharte entre mis brazos, Pa' estrecharte entre mis brazos.*

Alejo lief mit kurzen, sicheren Schritten über den weichen Boden der Pfirsichplantage. Als er bei der langen Reihe Eukalyptusbäume angelangt war, hatte sich der Morgennebel aufgelöst, und er konnte sehen, daß ein Stück weiter unten an der Straße eine Rauchspirale aufstieg. Er ließ den Sack, den er trug, zu Boden gleiten, blieb stehen und sog den Geruch nach Salzwasser, brennendem Holz und feuchter Luft in sich auf. Zwischen den Baumreihen erhaschte Alejo einen Blick auf ein Doppeldeckerflugzeug. Ein paar Meilen östlich schwirrte ein weißer Doppeldecker über den ausgedehnten Weinstöcken. Sein Kreissägenmotor knatterte, und er sank in gerader Linie bis fast auf die Baumwipfel herunter. Das Flugzeug besprühte die Ernte mit einer weißen Wolke aus lange wirksamen, chemischen Stoffen und stieg dann wieder auf, um die nächste Reihe zu besprühen, die näher am Horizont lag. Die Vögel fingen mit merkwürdig leeren und nervösen Augen zu krächzen an.

Ricky rief Arnulfo zu, daß er kommen und sich das Flugzeug anschauen solle. Er stand am Fenster der Holzhütte und deutete auf den Doppeldecker; sein Haar stand vom Liegen senkrecht vom Kopf ab. In der Ferne konnten sie das Flugzeug über den Wipfeln der Eukalyptusbäume erkennen. Ricky ahmte mit den Händen seine eleganten Drehungen nach und unterhielt sich flüsternd

mit Arnulfo, da die Zwillinge noch schliefen; ein Pilot wolle er werden, meinte er, und einen Doppeldecker wie diesen hier fliegen. Arnulfo gähnte, ließ sich den letzten Schlag auf der Zunge zergehen und kehrte wieder zu dem Bündel Decken zurück, die sein Bett waren.
Alejo hob seinen Sack auf und warf ihn sich über die Schulter. Seine hohen, bis weit über die Knöchel reichenden Turnschuhe scheuchten die Grashüpfer auf, die ihm aus dem Weg sprangen, und seine dicken Sohlen traten auf kleine Zweige und verfaulte Blätter; unter den tief herabhängenden Ästen der Eukalyptusbäume flogen ein paar Vögel auf. Sie spreizten ihre Flügel und glitten über Estrella hinweg, die den Griff des rußgeschwärzten Kessels packte, um ihn aus dem Feuer zu holen. Der Griff war mit Stoffetzen umwickelt, und Estrellas Gesicht glühte von dem Wasserdampf. Der zweite Kessel mit der Tagesration an Trinkwasser kühlte bereits ab. Estrella tauchte eine Tasse aus Email hinein und trank etwas lauwarmes Wasser. Über den Rand der Tasse hinweg starrte sie Alejo an, der mit seinen unförmigen Schuhen auf sie zukam.
Er trug schwarze Schuhe, die vor ihm herzulaufen schienen. Ihr fiel sofort auf, wie groß seine Füße waren. Dafür waren ihm die Hosen zu kurz; ihre Aufschläge reichten ihm bis weit über die Knöchel. Er ging zu der Mutter hin, die mit hochgeschobenen Pulloverärmeln einen Eisentopf zwischen den Knien balancierte und damit beschäftigt war, mit geübtem Auge die Kieselsteine zwischen den Feldbohnen herauszuklauben.
»*iuenas, cómo 'stan?*« Seine Stimme klang nicht männlich

wie die ihres Vaters oder autoritär wie die von Perfecto, sie klang auch nicht so wie die der anderen Männer, die am Samstag abend um das Lagerfeuer hockten, wo die Flasche kreiste und sie über ihr Zuhause und ihre Lieben sprachen, die sie zurückgelassen hatten. Er faßte sich verlegen an den Hals. In der Grube, in der der Kaffee kochte, knackte das Material zum Anzünden. Es roch nach Rauch, Kälte, Knoblauch und Kaffee.

Estrella brach mehrere Zweige in der Mitte durch und warf ein paar davon ins Feuer. Alejo sah aus, als würde etwas in seinem Hals stecken, als hätte er einen Stein verschluckt.

»Mein Name ist Alejo, *y estoy muy lejos de donde nací. Como la canción Mixteca*«, fügte er scherzhaft hinzu. Er legte den Sack mit Pfirsichen auf den provisorischen Tisch, der vor der Mutter stand. »Für Sie«, sagte er. »Bitte nehmen Sie sie«, und die Mutter lächelte, schüttelte den Sack und leerte den Inhalt aus. Die reifen Pfirsiche kullerten auf den Holztisch, und einer rollte bis über den Rand hinaus, wo Estrella ihn in der Luft auffing. Während sie den Pfirsich prüfend in der Hand wog, stand Alejo unschlüssig da, die Hände tief in den Hosentaschen vergraben, so daß nur noch die Daumen herausschauten.

»Wir sind gerade noch rechtzeitig angekommen, bevor der Laden zugemacht hat«, sagte die Mutter und füllte den leeren Sack mit sechs Blechbechern voller Feldbohnen aus dem Zehn-Pfund-Sack, den Perfecto dem Ladenbesitzer hatte abschwatzen können, nachdem er die Toilette im Hinterzimmer des Mannes so lange bearbeitet hatte, bis die Spülung wieder funktionierte. Dann rollte

sie noch ein paar Mehltortillas zusammen und steckte sie dazu.
»Llévalos a tu Mamá«, sagte sie. »Von uns.«
»Meine Mutter ist tot.« Alejo räusperte sich, aber der Stein in seinem Hals wollte nicht weichen. »Meine Großmutter lebt in Texas.« Schnell fügte er hinzu: »Ich bin aber zusammen mit meinem Cousin hier.« Er sagte das nur, weil er einen Moment lang dachte, sie würde die Bohnen vielleicht zurückhaben wollen, so, als würde keine Mutter zu haben, bedeuten, daß er ohne Familie war. Er drehte den Sack nervös zu einer Schlinge zusammen.
»Sie brachten uns in einem Bus hierher, mich und Gumencindo und die anderen«, fuhr Alejo fort; seine Worte holperten unbeholfen aus seinem Mund, und er spürte, wie sein Gesicht heiß wurde. Estrella strich sich das lange schwarze Haar zur Seite und biß voller Appetit in den Pfirsich.
»Laßt euch bloß nicht dabei erwischen, daß ihr Obst klaut«, warnte sie ihn und leckte sich die Finger, von denen der süße Saft tropfte. Die Haut zwischen ihren dichten Augenbrauen zog sich zu einem grollenden Blitz zusammen, als sie ein zweites Mal in den Pfirsich biß.
»Bei dem Geld, das wir bekommen, können die froh sein, wenn wir ihnen die Plantagen nicht niederbrennen.« Das kam von ihrer Mutter.
»Es nützt nichts, nur so daherzureden, es sei denn, man tut es wirklich«, entgegnete Estrella. Alejo hatte den Eindruck, daß dies die übliche Art war, in der sie mitein-

ander redeten. Estrella hielt ihrer Mutter den Pfirsich unter die Nase.
»Wirklich ein toller Pfirsich, Mama«, und die Mutter biß in das Fruchtfleisch, zog überrascht die Augenbrauen hoch und nickte zustimmend.
Ricky sprang mit weit ausgebreiteten Armen von der Veranda und umkreiste den Tisch; mit der schnellen, präzisen Bewegung eines Falken, der sich ein Nagetier greift, stieß er herab und griff sich einen Pfirsich.
»Star kriegt mich nicht, Star kriegt mich nicht«, trällerte er dabei.
»Das hättest du wohl gerne«, antwortete Estrella und saugte das letzte Fruchtfleisch aus den Löchern des Kerns.
Alejo bedankte sich überschwenglich und ging schnell davon, bis er außer Sichtweite war; dann drehte er sich um und warf einen Blick zurück auf die Rauchspirale. Er konnte Estrellas Gesicht nicht wirklich sehen, nicht ihre durchlöcherten, aber nackten Ohrläppchen, die lang und oval waren. Er sah nicht die tiefe Windpockennarbe über ihrer Augenbraue oder die grünen Punkte in ihren Augen, die sie von ihrem Vater hatte. Was er sah, war die Frau, die in der magnetischen Gegenwart des Vollmondes geschwommen war, eine Frau namens Star.

2

Das gleißende weiße Licht der Sonne leistete ganze Arbeit. Selbst die Vögel taumelten geblendet an den Kämmen der Hitzewellen entlang. Unter dem dichten Blattwerk der Weinstöcke hingen schwer und prall die Trauben. Sie hatte das große rechteckige Blatt Zeitungspapier auf dem ebenen, zuvor von einem Traktor geglätteten Stück Erde ausgebreitet und anschließend den Holzrahmen daraufgelegt, um es damit zu beschweren. Jetzt, nachdem sie ihren Korb unter die Trauben gestellt hatte, zog Estrella den Rebstock zu sich heran und führte das sichelförmige Messer über den Stamm, so daß die Weintrauben in den darunterstehenden Korb glitten.

Den vollen Korb zu dem Papier zu tragen hatte nicht das geringste mit der Darstellung auf den roten Rosinenschachteln zu tun, die Estrella immer in den Supermärkten sah; sie hatte nichts von der Frau mit dem luftigen Häubchen an sich, die mit lächelnden, rubinroten Lippen die Weintrauben feilbot, während hinter ihr die Sonne als flache Orange zu sehen war. Die Sonne hier war weiß und stach in Estrellas Augen wie eine Zwiebel, und die Früchte in den Körben widersetzten sich den Anstrengungen ihrer Muskeln und strebten mit ihrem magnetischen Gewicht zurück zur Erde. Die Frau mit dem roten Häubchen wußte nichts von alledem. Ihre Knie sanken nicht tief ein in den heißen verbrannten Boden, und sie wußte auch nicht, was es bedeutete, die Körbe voller Weintrauben vorsichtig in den Rahmen zu entleeren und sie dann behutsam und gleichmäßig auf dem Zeitungspapier auszubreiten. Diese Frau hob den Rahmen auch nicht wieder hoch, drückte ihre knackenden Knie durch, straffte ihren Rücken und breitete eine weitere Lage Zeitungspapier aus; sie legte dann nicht wieder den Rahmen darauf und kehrte anschließend nicht wieder mit dem nun leeren Korb zu den Weinstöcken zurück, um ihn erneut zu füllen – und das endlose Reihen lang, gleichgültig, wie heiß die Sonne auch herunterbrennen mochte. Das Häubchen der Frau wäre unter dieser weißen gleißenden Sonne, die die grünen Trauben im Handumdrehen zu schwarzen Rosinen verbrannte, ebenso nutzlos, wie es Estrellas eigener Strohhut war. Alejo schnitt sich tief ins eigene Fleisch und ließ das Messer fallen. Er preßte seine Lippen auf die Wunde, die nach Dreck, Salz und Blech schmeckte, als er über Hunderte von Reihen hinweg das Weinen eines Kindes hörte, das sich verlaufen hatte. Das endlose Feld aus Weinstöcken erstreckte sich voller Monotonie vor seinen Augen – ohne Anfang, ohne Ende – und war immer gleich für die *piscadores,* die Erntehelfer, und ihre Kinder. Noch ein weiteres Kind hatte sich offensichtlich verlaufen, und er konnte das Schimpfen der Mutter hören, die vor lauter Erleichterung, ihre Tochter wiedergefunden zu haben, ganz wütend war.

Alejo dachte an seine Großmutter, die in Edinburg, Texas, arbeitete; die dort bügelte, auf fremde Kinder aufpaßte und fremde Häuser putzte; die Gurken mit Zitrone, Salz und Cayennepfeffer einmachte und sie dann gegen andere Dinge eintauschte; die Tamarinden- und Hibiskussaft herstellte, den sie sonntags nach der Messe immer verkaufte. Sie würde alles tun, damit ihr Enkelsohn zur Schule ging. Alejo stellte sich vor, daß jetzt in dem Moment, in dem er seine Lippen auf den Schnitt preßte, seine Großmutter die Chávez Street hinunter und quer durch den Park ging, um zur Bushaltestelle zu gelangen. Er rückte seine Mütze von den L.A.-Dodgers zurecht und versuchte den Holzrahmen mit nur einer Hand aufzusetzen. Die andere Hand mit der zerfetzten Haut hing wie ein nutzloses Anhängsel an seinem Arm.

Estrella war nicht viel älter als vier Jahre gewesen, als sie ihre Mutter das erste Mal auf die Felder begleitet hatte. Sie erinnerte sich, daß sie dabei geweint hatte, genauso wie das kleine Mädchen jetzt. Die Mutter war schwanger und trug weite Männerhosen mit offenem Reißverschluß, dazu ein Hemd, das über ihren wie eine Trommel gespannten Bauch fiel. Selbst damals schon erschien Estrella die Mutter alt. Aber sie schleppte Kilo um Kilo der Baumwolle auf ihrem Rücken, die sie mit zwei flinken Händen pflückte und als wolkige Ballen in ihr Tragetuch aus Jute stopfte, während sie mit beiden Beinen fest zwischen den Pflanzenreihen stand. Langsam wurde das Tragetuch größer und schwerer, wie das heranwachsende Kind in ihr.

Heute war Alejo an der Reihe, für das Mittagessen zu sorgen. Er hatte Burritos, mit gebratenen Kartoffeln und Senf gefüllte Mehltortillas, mitgebracht, dazu frische *jalapeños,* grüne Peperoni, knackig wie Äpfel, die er und Gumencindo im Schatten der Weinstöcke verzehrten.

Estrella saß ebenfalls unter einem Weinstock. Die Sonne, die auf sie herunterbrannte, ließ die Blätter durchsichtig erscheinen. Sie konnte sogar deren Rippen erkennen. Und sie konnte das Innere ihrer Wasserflasche sehen, als sie diese hochhielt, um nachzuschauen, wieviel noch drin war. Das Wasser war lauwarm, und wie die Trümmer eines explodierten Sternes trieben kleine Teilchen darin herum; sie trank es trotzdem in gierigen, tiefen Schlucken.

Alejo mühte sich mit einem neuen Stück Zeitungspapier ab. Seine Großmutter hatte ihm versichert, daß er nicht für immer auf den Feldern würde arbeiten müssen. Und jedesmal, wenn er am ersten Morgen einer neuen *pisca*, einer neuen Erntesaison, erwachte, stellte er sich seinen letzten Tag als Wanderarbeiter und seinen ersten Tag an der High-School vor. Er wollte sich einen Rucksack aus Leinen kaufen, um darin seine Bücher, einen Bleistiftspitzer und seine Hefte zu transportieren; und nach seinem Abschluß wollte er Geologie studieren. Er liebte Steine und ihre Geschichte; er glaubte nämlich, selbst ein schwerer, massiver Brocken zu sein, den die Erde irgendwann einmal ausgespuckt hatte, und nicht irgendein verirrtes Teilchen, das durch den unendlichen Weltraum trieb. Es bedurfte nur der sanften Berührung durch eine Hand und des naiven Wissens um seine Verbindung mit alledem, und schon wäre er nicht nur Teil der Erdgeschichte, sondern würde auch bis in alle Ewigkeit weiterexistieren, so wie diese schweren, massiven Brocken.

Estrella erinnerte sich, daß ihre Mutter ständig versucht hatte, sie wach zu halten, aber die Tage waren so heiß und die Sonne schläferte sie so erbarmungslos ein, daß sie mißmutig und zornig wurde. Irgendwann gab die Mutter dann nach, legte die vier Jahre alte Estrella in ihr Tragetuch voller Baumwolle und wiegte sie in den Schlaf; Estrella war nie bewußt, welches zusätzliche Gewicht sie ihrer Mutter damit auf die Schultern lud, die langsam das Tragetuch zwischen den Reihen der Baumwollpflanzen dahinschleppte. Wenigstens hatte sie es so in Erinnerung: daß sie in den Schlaf gewiegt wurde von der weichen Baumwolle und von dem sanften, wohltuenden Schaukeln der Mutter, während ihr Kopf auf ihren gefalteten Händen ruhte. Sie erinnerte sich, wie gut es tat, die Augen zu schließen und die Bewegungen der Mutter nahe bei sich zu spüren.

Ein Junge von zehn Jahren sprang in Alejos Reihe. Es war derselbe Junge, wie ihm auffiel, der ein paar Tage zuvor wie ein Falke auf die Pfirsiche losgegangen war. Alejo grüßte ihn und schwenkte seine Mütze, aber der Junge lief weiter; seine stampfenden Schritte rissen tiefe Löcher in den weichen Boden, und er hob kaum die Hand, um den Gruß zu erwidern.

Ricky fand Estrellas Reihe. Er wirkte fiebrig; sie stellte ihren Korb mit den Weintrauben ab, hielt die Wasserflasche an seine Lippen und fragte: »Wo ist dein Hut? Und wo sind eigentlich Arnulfo und Perfecto Flores?« – »Es hat keinen Sinn, daß du nach Hause gehst, wenn die Sonne am schlimmsten heruntersticht. Du weißt noch nicht, wie man am besten mit der Sonne umgeht«, erklärte sie ihm und setzte ihn unter die Weinstöcke. »Bleib hier sitzen, bis du die Lastwagen hupen hörst, und geh dann da entlang, okay?« Estrella deutete in die Richtung;

dabei fiel ihr Blick auf die Weintrauben, die sie, eine Lage nach der anderen, sorgfältig aufgeschichtet hatte, soweit sie blicken konnte. Ihre Fußspuren führten zu der Stelle, wo sie jetzt stand. Morgens, mittags, nachts, vier, vierzehn oder vierzig – es war immer dasselbe. Sie machte einen Schritt nach vorne; ihr Körper wußte nie, wie müde er war, erst wenn sie ihn wieder bewegte. Nicht weinen.

Estrella stützte den vollen Korb auf ihrer schmerzenden Hüfte ab und kniete sich vor die Trauben hin. Die Muskeln in ihrem Rücken zogen sich zusammen wie Stacheldraht und wehrten sich gegen jede Bewegung. Sie schloß die Augen und gab sich der Erinnerung an die kühle Scheune hin, an den festgestampften Lehmboden, wo sie Stroh zusammengefegt und sich hingesetzt hatte, die Knie bis unters Kinn hochgezogen. Die Schwalben schrammten mit ihren Füßen über die Dachschräge, und der Wind fegte heulend zwischen den Brettern hindurch wie eine Sturmbö über den Mund eines Kraters. Die geballte Hitze des Tages verdunstete, und der Krampf in ihren erschöpften Muskeln fiel von ihr ab und entwich ihrem Körper wie die Musik einer Windorgel – und sie schlug die Augen auf, breitete die Weintrauben aus und weinte nicht.

Alejos Großmutter hatte ihm versichert, daß er von einer langen Reihe intelligenter Vorfahren abstamme, nicht so wie dieser *cabeza de burro,* dieser Eselskopf, sein Vater – Gott sei seiner dummen Seele gnädig. Man muß seine Chance ergreifen und etwas aus sich machen in diesem großartigen und wahrhaftigen Land. Er stellte sich vor, daß sie mittlerweile auf dem Markt angekommen war, wo sie sicherlich ein paar ausrangierte Ausgaben von *Reader's Digest* für ihn einsteckte und die Zucchini und die Süßkartoffeln betastete, die sie später in der Folie auf dem *comal*, der runden, randlosen Eisenplatte, braten und mit etwas Margarine zu Abend essen würde, wozu sie ihre tägliche Tasse heiße Pinolenmilch oder den Grannentee trank, der so gut für die Nieren sein sollte, wie sie sagte. Abends bekam seine Großmutter immer ganz kalte Hände, und wäre er zu Hause gewesen, hätte er sie in eben dieser Minute dick mit Kampfer eingerieben und sie anschließend in ein Handtuch gepackt, das er im Ofen vorgewärmt hatte. Er nahm ihre Worte ernst und wollte tun, was nötig war, um die Reihe seiner Ahnen fortzusetzen, und versuchte deshalb, nicht an morgen zu denken. Alejo hoffte, daß sie seine Geldanweisung erhalten hatte. Die *piscadores* hörten die Glocken der Eisenbahnschranke irgendwo in der Ferne und unterbrachen ihre Arbeit. Arbeiterinnen, *trabajadores*, wie Señora Josefina dachten in dem Moment darüber nach, was sie am besten zum Abendessen machen könnten; Ricky, der sich seinen schmerzenden Magen hielt, stellte sich ein üppiges Eiscremesandwich in grellen künstlichen Farben vor; Gumencindo nutzte die Zeit, seinen Samstag abend zu planen. Die männlichen Pflücker wie Florente von den Inseln kniffen ihre Nasenflügel zusammen, um sich zu schneuzen; Perfecto Flores sah sich zu der Überlegung veranlaßt, wie hart diese Arbeit für einen so alten Mann sein mußte; die vielen Kinder zogen und zerrten an den Stricken, die sie mit ihren müden Mamas verbanden, damit sie nicht verlorengingen; Arnulfo fürchtete die

Schlangen, die sich so gerne überraschend auf ihn stürzten; Alejo sah sich vielleicht hinter den Weinstöcken um, und Estrella kniete vielleicht gerade mit geschlossenen Augen über ihren Weintrauben – aber alle unterbrachen ihre Arbeit, um zu lauschen, wie der Güterzug eilig über die Gleise ratterte und ein Tuten von sich gab, das sich anhörte wie ein gequetschtes Akkordeon. Der einsame Zug brach aus der gleißenden Sonne hervor, zerriß mit immer lauter werdendem Donnerhall die Stille und erinnerte die *piscadores* daran, daß es irgendwo Ziele gab, eine Ankunft und eine Abfahrt, ein Zuhause und die Fremde. Und alle unterbrachen ihre Arbeit und lauschten.

Alejo legte den Holzrahmen hastig auf die Schicht Zeitungspapier und schob rasch ein paar Weinblätter zur Seite, um noch die letzten Güterwaggons in der Ferne dahinrasen zu sehen. Erst als der Zug ganz verschwunden war, bemerkte er Estrella, die den Schweiß an der Innenseite ihres Strohhuts mit ihrem Halstuch wegwischte. Dann band sie sich das Halstuch wieder vor das Gesicht und befestigte es mit zwei großen schwarzen Haarklammern so, daß es ihre Lungen schützte an Tagen wie diesen, wenn die Felder besprüht wurden. Jetzt sah er nur noch ihr Halstuch, das im Rhythmus ihres feuchten Atems vor ihrem Mund flatterte. Alejo hatte die ganze Zeit über neben Estrella gearbeitet, ohne es zu merken. Wieso war ihm das nicht aufgefallen?

Der Wind fuhr unter seine Mütze und zerrte an ein paar Haarsträhnen, die ihm in die Stirn fielen; er fühlte sich kühl und angenehm auf seinem Gesicht an. Er wünschte sich, daß sie ihn bemerkte, und dachte, wenn er es nur fest genug wollte, dann würde sie es auch tun. Aber sie fuhr unbeirrt mit ihrer Arbeit fort, breitete die Weintrauben aus und nahm dann den Holzrahmen wieder fort. Sein eigenes Zeitungspapier rutschte unter dem Rahmen weg und flatterte davon, die ganze Reihe der Weinstöcke entlang, so daß er ihm nachlaufen mußte, um es zurückzuholen.

Einen Moment lang erkannte Estrella ihren eigenen Schatten nicht. Er war bucklig, dürr und lag hochgewachsen auf den Weintrauben. Dann bemerkte sie einen zweiten Schatten, der sich über den ihren legte, groß und größer wurde und sie schließlich zu verschlingen drohte; instinktiv richtete sie sich auf und rieb sich die Augen. Dann kehrte sie schnell zu dem Weinstock zurück und packte ihr Messer.

Sie sah einen Pflücker die Reihe entlangrennen, als ob irgend etwas hinter ihm her wäre. Der heiße Boden brannte unter ihren Schuhsohlen, als sie auf die andere Seite der Weinstöcke hinüberwechselte. Dort sah sie einen gebeugten Rücken vor sich und wußte zuerst nicht, ob es ein Mann oder eine Frau, ob er alt oder jung war, und so sprach sie ihn an. Der Rücken streckte sich und entpuppte sich als der zahnlose Kawamoto. Er stützte sich mit einer Hand ab und beugte sich nach hinten. Estrella spürte, daß ihm die Situation peinlich war, da er unsicher dastand und nicht wußte, weshalb sie ihn angesprochen hatte. Sie überlegte kurz und bot ihm dann den Pfirsich an, den sie sich für nach der Arbeit aufgehoben hatte, als Belohnung für sich selbst. Sie streckte dem alten

Mann die Hand entgegen, er nickte, und sie warf ihm den Pfirsich in einem hohen Bogen zu; er fing ihn mit gekrümmten Fingern auf und legte ihn neben seinen Wasserkrug. Dabei grinste er so breit, daß sein Mund wie ein riesiges schwarzes Loch klaffte. Er bedankte sich bei Estrella, aber eigentlich war sie es, die dankbar war.

Das Hupen signalisierte die Rückkehr der Lastwagen, und die *piscadores* sammelten ihre Werkzeuge und Krüge, ihre Schmerzen und Taschen, ihre Kinder und Beutel ein und traten aus den Feldern – ein bunter, von der Sonne verbrannter Haufen: ausgemergelte Frauen mit Taschentüchern vor dem Mund, deren schwarzweiß gesprenkeltes Haar braun vom Staub war; kaum zehnjährige Kinder, die sich Wasser übers Gesicht laufen ließen und sich anschließend mit den nassen Fingern durchs Haar fuhren; noch kleinere Kinder, die quengelig, müde und reizbar waren; und Männer so alt, daß man sie für tot halten konnte, wenn sie schliefen. Alle traten seufzend und murmelnd, hin und wieder auch lachend, aus dem Schweigen der Felder. Eine Mutter nahm ein Taschentuch und putzte ihrem Sohn die Ohren, während eine andere ihr Baby neckisch am Kinn faßte. Die *piscadores* klopften sich ab, um den Staub des Tages loszuwerden, während die Kinder sich stolz ihren Vätern an den Hals warfen. Ein junges Mädchen stürzte sich übermütig auf die Schultern ihres Freundes.

Der Aufseher holte Tabellen und Zahlenreihen hervor, wo er vollständig abgeerntete Reihen vermerkte, Namen eintrug und Kalkulationen durchstrich, während die

Erntehelfer nacheinander auf die Lastwagen mit den offenen Ladeflächen kletterten. Gumencindo stand bereits auf einem oben und streckte einem der anderen *piscadores* seine Hand entgegen, um ihm hinaufzuhelfen. Alejo stopfte seine Mütze in seine Gesäßtasche und ordnete sein Haar im Außenspiegel des Lastwagens. Er wartete noch unten neben der Stoßstange, wo er ein Kind um die Taille faßte und es in die ausgestreckten Arme seiner Mutter hob.

Alejo suchte Estrella. Die Lastwagen folgten auf ihrer Runde rumpelnd und holpernd dem Verlauf der Eisenbahngleise, die an den Obstplantagen und Feldern entlangliefen, und kamen schwankend zum Stehen, sobald jemand an das hintere Kabinenfenster klopfte. Bevor der letzte Lastwagen abfuhr, fiel Alejos Blick endlich auf Estrella. Er sah, wie sie mit krummem Rücken auf die Schwellen zwischen den Gleisen trat, als würde sie vorsichtig eine Leiter hinaufklettern.

Estrella ging zu Fuß, weil sie zu dem Spielfeld wollte; ihren Korb, den Krug und das Messer hatte sie sich unter den Arm geklemmt. Sie winkte den *piscadores* zu, und die Kinder erwiderten ihren Gruß zwischen den Holzbrettern hindurch, die die Ladeflächen der Lastwagen begrenzten; dann setzte sie ihren Weg entlang der Gleise fort, wobei sie es fast bedauerte, daß sie nicht doch mitgefahren war.

Sie erreichte das Baseball-Spielfeld, kurz bevor die Sonne unterging; über den Himmel zogen Wolkenfetzen, deren Ränder rot wie reife Nektarinen leuchteten. Estrella setzte sich auf eine Eisenbahnschiene, die immer noch die

Hitze des Tages ausstrahlte, und zog die Knie bis zum Kinn hoch. Auf dem grünen Rasen, hinter dem hohen Maschendrahtzaun, spielten zwei Jugendmannschaften. Die Spieler waren gerade entlang der mit Kalk aufgezeichneten Grundlinien ausgeschwärmt. Eltern und andere Zuschauer saßen in Liegestühlen hinter der Bank des Schlagmanns oder waren, ihre Kühlboxen in Reichweite, auf den Tribünen verteilt. Estrella wünschte sich, sie hätte ihren Pfirsich nicht hergeschenkt, und malte sich aus, wie schön der Abend sein würde, wenn sie das Obst essen könnte.

Blinzelnd betrachtete sie den Schläger in seinem weißen Trikot, der eben zum Schlag ausholte. Nummer vier. Durch den Maschendrahtzaun hindurch konnte sie ihn nur verschwommen wahrnehmen. Ihr Bruder Arnulfo hatte davon gesprochen, daß er Baseball spielen wolle. Ricky wollte fliegen.

Wieder rollte ein Lastwagen vorbei, und sie winkte, und die anderen winkten, bis sie wieder allein auf den Gleisen saß. Der schwache Rest Sonnenlicht hing wie verblaßter Lippenstift in den Wolken. Das Geräusch des Aufeinanderprallens, wenn der Ball mit dem Holzschläger in Berührung kam, das dumpfe Knacken des Holzes, lenkte ihre Aufmerksamkeit erneut auf das Spiel; die Zuschauer jubelten, und sie sah, wie der Ball über die linke Seite des Außenfeldes flog und wie die Spieler mit in den Himmel erhobenen Armen zusammenliefen – wie ein Pfirsich wurde der Ball den hungrigen Händen zugeworfen. Die Zuschauer erhoben sich, und Estrella sprang auf die Beine und sah, wie die Fanghandschuhe Vertiefungen formten, klaffend wie Mr. Kawamotos Mund und bereit zum Fangen. Ein kleingewachsener Spieler in einem blauen Trikot holte schließlich den Ball aus seinem Handschuh und streckte ihn in die Höhe, so wie sie es mit dem Pfirsich getan hatte, und das Publikum brach in spärlichen Applaus aus.

Estrella drehte sich zu der langgestreckten Linie aus Eisenbahnschwellen um. Sie sahen aus wie die Stiche an der Kaiserschnittnarbe ihrer Mutter, soweit sie ihnen mit den Augen folgen konnte. Nördlich von ihr erstreckten sich die Schwellen, und auch im Süden war es nicht anders, und sie stand genau dazwischen und wußte nicht, wo sie endeten oder begannen.

Estrella nahm ihr Messer und ihren Korb. Verwirrt zuckte sie zusammen, als die gleißenden Lichtbahnen der starken Flutlichter wie die Scheinwerfer eines Autos über das Spielfeld strichen und sie blendeten. Die runden, scharfen weißen Lichter brannten in ihren Augen, und sie unternahm einen schwachen Versuch, schützend den Arm davor zu halten. Die Grenzpatrouille, dachte sie und versuchte sich zu erinnern, auf welcher Seite sie sich befand und auf welcher Seite des Drahtzauns sie in Sicherheit war. Die Flutlichter zielten auf die Phantomgestalten auf dem Spielfeld. Oder waren die Scheinwerfer auf sie gerichtet? Konnten die Zuschauer sie dort sehen, wo sie stand? Wo war das Ziel? Ein Ball wurde geworfen und traf, ein stumpfer Gegenstand auf einem Schädel. Ein Spieler lief alle Male ab, um den Punkt zu machen. Ein Treffer. Das Ziel: die *homeplate.* Wer würde den Pfirsich fangen, wer war hungrig genug, in diesem grellen Licht das Feld zu durchlaufen? Die perfekte Zielscheibe. Der üppigste Pfirsich. Das Element der Überraschung. Ein verwundetes Wild, das auf die Kugel wartet. Ein paar wenige Zuschauer applaudierten. Estrellas Finger schlossen sich um das Messer, und sie rannte davon; ihr Schatten verlor sich in der hereinbrechenden Nacht.

»*¿Qué diablos te' ta pasando?*« fragte die Mutter. Sie kniete neben der Blechwanne, die mit Wasser gefüllt war und in der die Zwillinge auf engstem Raum hockten und badeten. Auf einer Leine, die zwischen einem kleinen Baum und einem Pfosten der Veranda gespannt war, hingen Handtücher, *calzones,* Hosen und T-Shirts. Auf dem Baumstumpf der Eiche lag ein silberfarbenes Waschbrett. Weitere Hemden und Hosen hingen über dem niedrigen Gestrüpp, das die Hütte umgab. Die Mutter hielt eine mit Wasser gefüllte Blechkanne über Perlas Kopf und leerte sie aus. »*¿Por qué corres?*«
Estrella war an der Kochgrube vorbeigelaufen, dann vorbei an dem Tisch mit den Töpfen und Pfannen und dem angeschlagenen Geschirr, und war schließlich auf die Veranda ihrer Hütte gestürmt, wobei sie fast noch eine Stufe verfehlt hätte und gestolpert wäre. Dort ließ sie die leere Wasserflasche, den Korb und ihr Erntemesser fallen, und dabei segelte ein Stück Alufolie zu Boden, die sie sich aufgehoben hatte, um darin das morgige Mittagessen einzuwickeln.
»Ich werde jemandem eine Lektion erteilen.«
»*¿Qué dices?* Was?«

Schwer atmend machte sie den Werkzeugkasten auf und kramte so lange in Perfectos Werkzeug herum, bis sie die dicke Brechstange gefunden hatte.

»Leg das weg.«

»Jemand hat es auf mich abgesehen.«

»Das ist *La Migra*, die Grenzpolizei. Das Gefühl kennt jeder«, erklärte die Mutter. Die Zwillinge fingen an, sich gegenseitig zu treten, und ihr Gerangel bereitete der Mutter im Augenblick wesentlich mehr Sorgen. *»Te voy a dar un nagazo con la correa.«* Sie fischte in dem trüben Badewasser nach Cookies Hand, um ihr einen Klaps zu versetzen, erwischte statt dessen aber aus Versehen Perla, was ein beleidigtes Aufheulen und noch mehr Geschubse auslöste.

Die Mutter richtete sich mühevoll auf, bog erst das eine, dann das andere Knie durch, und dabei fiel Estrella auf, wie blau und dick angeschwollen ihre Venen waren. Wie Wein rankten sie sich um ihre Beine und erschwerten ihr jede Bewegung. Selbst der schwarze, gerade Rock, den ihre Mutter trug, schien enger zu sitzen, und ihr Bauch quoll über den Bund: erschlaffte Muskeln von zu vielen Geburten. Ihre Haare hingen unordentlich aus ihrem Pferdeschwanz, der sich nach der Wäsche fast ganz aufgelöst hatte.

Heute war nämlich Waschtag gewesen. Petra hatte die letzten Yuccawurzeln, ihren Seifenersatz, aufgebraucht, und mußte deshalb erst die harten Wurzeln zerstoßen, was zusätzliche Arbeit bedeutete. Die Knöchel ihrer Hände zeichneten sich weiß gegen ihre kaffeebraune Haut ab. Die Mutter benutzte das übriggebliebene Spülwasser, um schnell noch die Zwillinge darin zu baden, obwohl es schon fast dunkel war.

»Wie geht es dir heute, Mama?«

»Ya no hay ajo.« Mehr mußte sie gar nicht sagen. Die Mutter aß jeden Tag fünf in Essig eingelegte Knoblauchzehen, um ihr Blut zu verdünnen und um so ihren Krampfadern Erleichterung zu verschaffen; ohne den Knoblauch fing das Blut in ihren Venen zu kochen an.

»Vielleicht können wir welchen besorgen.«

»Wie stellst du dir das vor?« erwiderte Petra. Ihr Körper schien in der Dämmerung ebenso verwaschen wie der mit Enten bedruckte Schurz, an dem sie sich die Hände abtrocknete. Sie hielt ein Handtuch in die Höhe und packte Cookie unter den Achseln; Cookie wehrte sich, schlug protestierend auf das Wasser ein, das ihrer Mutter ins Gesicht spritzte. *»Yo ya no voy correr. No puedo más.«* Mit einer raschen Bewegung hob sie Cookie aus der Wanne und ging mit ihr zum Tisch, wobei ihre Gummisandalen ein klickendes Geräusch erzeugten.

»Es hat keinen Sinn, *La Migra* zu erklären, daß du schon dein ganzes Leben hier verbringst«, fuhr die Mutter fort, während sie Cookie das Gesicht abtrocknete. Cookie tropfte wie ein patschnasses Kätzchen auf den Tisch und jammerte, daß ihr kalt sei, und die Mutter trocknete sie sorgfältig ab; sie rubbelte ihr das Haar, fuhr ihr über die magere Hühnerbrust, die aprikosenfarbene Vagina, um schließlich ihre Oberschenkel und Waden mit dem Handtuch abzureiben.

»Sollen wir den Beweis dafür etwa wie unseren Bauchnabel mit uns herumtragen?«

»Irgend etwas ist da draußen«, meinte Estrella.

»*Ya cállate*, bevor du den Kleinen noch Angst einjagst.«

»Wo ist Arnulfo?«

»Hör auf.«

»Und Perfecto Flores?«

»*Con eso basta.*«

Estrella hockte sich auf die Veranda. Sie legte die Brechstange quer über ihren Schoß und packte sie so fest, daß ihre Hände zu schwitzen anfingen. Ihre Augen brannten fürchterlich, und sie hätte sie am liebsten geschlossen, aber sie wußte, daß die Mutter ihre Hilfe beim Abendessen benötigte. Perla streckte ihre Zehen aus dem grauen Wasser und wackelte damit.

»Laß dir nur keine Angst machen. Du mußt deinen Platz behaupten, ihnen offen in die Augen schauen. Laß dir von ihnen nicht das Gefühl geben, daß du ein Verbrechen begehst, wenn du ihnen das Gemüse erntest, das sie dann zu Abend essen. Wenn sie dich anhalten und wenn sie versuchen, dich in die grünen Kastenwagen zu zerren, dann sag ihnen, daß die Geburtsurkunden zu Füßen von Jesus zu finden sind, sag ihnen das.« Die Mutter hielt inne, drehte sich aber nicht zu ihr um, und Estrella konnte den Verschluß ihres Büstenhalters sehen, der sich unter ihrem T-Shirt abzeichnete.

Die Mutter hob die Stimme ein wenig, als sie fortfuhr, um Cookies Gejammer zu übertönen.

»Sag ihnen, *que tienes una madre aquí.* Du bist keine Waise«, und dabei deutete sie mit ihrem roten Finger auf die Stelle, wo sie stand: »*Aquí.*« Unvermittelt drehte sie sich um und holte Perla, deren Zwillingsschwester jetzt noch

mehr heulte, aus dem Wasser, Estrella sah von der Veranda aus zu, wie die Mutter sich abmühte, eine zappelnde Perla abzutrocknen. Cookie, deren Hinterbacken wie zwei Kichererbsen schimmerten und sich hell von dem Braun ihrer übrigen Haut abhoben, kletterte vom Tisch herunter und platschte wieder ins Wasser zurück.
Estrella schloß die Augen und wollte sie nie mehr öffnen.

»¿Y tu primo?« fragte einer der *piscadores.* Die Gruppe wartete unter den Bäumen auf den Lastwagen. Eine der Frauen schlang ein Gummiband um ihr langes Haar, das die Sonne kastanienfarben aufleuchten ließ. Ein paar der *piscadores* banden sich in Erwartung der Hitze dreieckige Halstücher um den Kopf.
»Der ist pinkeln«, erwiderte Gumencindo.
»¿Cómo?« Er schien nicht zu verstehen.
»A poco no sabes, was pinkeln heißt?«
»Qué es eso – pinkeln?«
»¿En serio?« meinte Gumencindo ungläubig.
»Regaron las plantas«, erklärte ein Mann, der sein Mittagessen in einem Beutel am Gürtel mit sich herumtrug und somit von den Düften der Kochkünste seiner Frau umgeben war.
»¿De dónde eres?«
»Del Valle del Río Grande.«
»¿Es un estado en México?«
»Texas ya es parte de los Estados Unidos.«
»Ay«, sagte ein anderer und nickte, als hätte er gewußt, daß Texas ein Teil der Vereinigten Staaten ist. Er hielt seine Wasserflasche schräg, befeuchtete ein Taschentuch

und betupfte sich damit das Gesicht, das die Farbe abgetragenen Leders hatte und ihn älter als seine dreißig Jahre erscheinen ließ.

»*Sí lo sé*«, meinte ein anderer. »*Muy bonito. Muchas chicharras.*«

»*¡Como música de maracas!*«

»*Sí lo sé*«, seufzte Gumencindo. Er glaubte beinahe, das laute Zirpen der Zikaden in den Bäumen zu hören, die den Park an der Chávez Street zu Hause in Edinburg säumten. Als Kinder hatten Alejo und er sich immer die Ohren zugehalten bei dem Geklapper der *maracas.* Gumencindo sah sich suchend nach seinem Cousin um. Bis zu diesem Morgen hätte er dieses Geräusch nicht für Musik gehalten, und für schöne schon gleich gar nicht. Da kam der F-700-Ford-Diesel angerattert.

Alejo urinierte hinter den Bäumen, während der Fahrer ungeduldig auf die Hupe drückte. Er beeilte sich, den Reißverschluß hochzuziehen, aber die stählernen Zähnchen verhakten sich, und er bemerkte, daß zwei Kinder ihn über die Bretter der Ladefläche hinweg neugierig beobachteten. Sie starrten ihn unverwandt an, als er auf den Lastwagen zurannte und dabei mit einer Hand seinen halb hochgezogenen Reißverschluß bedeckte, während er mit der anderen sein Mittagessen umklammert hielt. Seine Baseballmütze flog ihm vom Kopf, und er mußte ein paar Schritte zurücklaufen, um sie aufzuheben; aber er hatte eigentlich keine Hand mehr frei, und die Kinder hielten sich den Bauch vor Lachen. Der Fahrer ging auf die Rückseite des Lastwagens und klappte das Brett herunter, während ein anderer ihnen seine

Hand entgegenstreckte. Alejo und Gumencindo ergriffen sie nacheinander und sprangen auf die Ladefläche. Der Fahrer schloß die Klappe, schob den eisernen Bolzen wieder in seine Verankerung, kehrte auf seinen Fahrersitz zurück und ließ den Laster mit einem Ruck anfahren. Ricky schob Arnulfo ein Stück zur Seite, der wiederum Estrella einen Schubs gab, die Perfecto anstieß, damit die beiden auch Platz zum Hinsetzen hatten. Perfecto lehnte neben dem Rückfenster und hatte einen Arm über das Seitenbrett gelegt, während er mit dem anderen seinen Hut festhielt, der wie ein erwartungsvolles Kind auf seinem Schoß lag. Er rutschte auf die Seite, ohne die Augen zu öffnen. Arnulfos Kopf lag auf Estrellas Schoß, und sie fuhr mit den Fingern sanft durch sein Haar, was Alejo an die schaumigen Kämme der Wellen denken ließ, die über den Sand an den Strand schwappten. Sie nickte ihm zu und klemmte sich ein paar lose Strähnen hinter das Ohr. Nur ihr Mund war unter dem Schatten ihres Strohhuts noch zu sehen.

Alejo spürte das kalte Metall des Reißverschlusses an seinem Körper. Er strich sich mit der flachen Hand über das Haar und rückte seine Baseballkappe zurecht; Gumencindo stieß ihm mit dem Ellbogen in die Seite und deutete mit dem Kinn auf Estrella, woraufhin Alejo zur Seite rutschte, um den anzüglichen Bemerkungen seines Cousins zu entgehen. Jedesmal, wenn der Lastwagen über ein Schlagloch holperte, hob und senkte sich ihre Brust wie Wackelpudding unter ihrem T-Shirt.

»Heute wird es bestimmt wieder heiß, meinst du nicht auch, Star?« Die anderen *piscadores* wandten sich erstaunt

Alejo zu, schauten aber schnell wieder weg. Er klappte den Schild seiner Baseballmütze herunter und hob die Stimme, um den lärmenden Auspuff zu übertönen.
»Star – der einsame Stern. Wie in der Flagge von Texas.«
Estrella blickte weiterhin angestrengt zur Seite, während er unbeirrt um ihre Aufmerksamkeit bemüht war. »Das ist wirklich ein schöner Name – Star.«
Schließlich wiederholte er den letzten Satz noch einmal, und zwar so laut, daß seine Stimme sogar den knatternden Auspuff übertönte, was sie zusammenfahren ließ und ihn wiederum in Verlegenheit brachte. Gumencindo rollte ungläubig mit den Augen. Aber ihr Gesicht geriet in Bewegung, und ihre Lippen verzogen sich zu einem Lächeln; ebenso die von Alejo. Gumencindo schaute zur Seite und verkniff sich ein Grinsen.
»Mein Papa hat mich immer so genannt.« Sie kratzte Arnulfo am Ohr, als sie durch sein Haar strich, und er beschwerte sich knurrend. Schnell warf sie einen Blick zu Perfecto hinüber, der jedoch tief und fest schlief.
»Wie nennt er dich denn jetzt?«
»Mein Papa ist nicht mehr da.«
»Ist er tot?«
»Wie es eben so geht«, erwiderte sie matt.
»Was ist mit ihm?« Und dabei deutete er auf Perfecto. Als dieser Alejos Stimme hörte, öffnete er ein Auge, schielte kurz über seine Brille, regte sich aber nicht, sondern schloß für den Rest der Fahrt gleich wieder seine Augen.
»Häh?«
»Was ist mit ihm?«
»Ich kann dich nicht hören.«

»Was passiert eben so?« fragte er.
»Keine Ahnung, Dinge eben.« Sie zuckte die Achseln und konzentrierte sich darauf, die verblichene Waschanleitung auf dem Etikett in Arnulfos T-Shirt zu lesen.
»Wie viele Brüder hast du?« fragte Alejo. Sie biß sich auf die Unterlippe, als würde sie überlegen. Er konnte gerade noch ihre mandelförmigen Augen unter dem Schatten ihres Hutes sehen, der sich vorne an der Krempe bereits aufzulösen begann.
»Das ist aber eine alberne Frage.«
»Magst du keine Fragen?«
»Eigentlich nicht. Nur wenn ich sie selbst stelle, dann vielleicht.«
»Wie heißt du eigentlich ganz?«
»Sprich lauter.«
»Dein Familienname. Wie ist dein Familienname?«
»Was geht dich das an?« erwiderte sie kratzbürstig.
Der Lastwagen verlangsamte seine Fahrt und holperte über die Eisenbahnschienen. Die *piscadores* wurden durchgerüttelt wie loses Kleingeld in der Hosentasche, bis der Lastwagen die Gleise überquert hatte und seine Fahrt zum anderen Ende der Plantage fortsetzen konnte. Arnulfo richtete sich auf, gähnte und fing zu jammern an, aber Estrella legte ihm sanft die Finger auf die Lippen, um ihn zu beruhigen. Endlich hielt der Laster an, und alle dehnten sich und streckten ihre Muskeln. Der Fahrer löste den Bolzen der Heckklappe, und die ersten Erntehelfer wurden von der eingezäunten Ladefläche heruntergetrieben.

Eine Hand steckte in seiner Hosentasche und befingerte einen glattpolierten Obsidian und ein paar Pennies. Die andere schloß sich um den Hals einer dicken blauen Flasche Cola.

Estrella saß auf dem Zaun, der die Koppel umgab. Sie schlenkerte mit den Beinen, und ihre losen Schnürsenkel baumelten wie Vorhangschnüre hin und her. Die kalkweiße Scheibe des Mondes verströmte ein Licht, das sich auf die Umrisse der Obstbäume und auf das Dach der weiter weg stehenden Scheune legte, schließlich über die Koppel hinwegglitt und dort die Spitzen von Estrellas Stiefeln entzündete. Alejo blieb links neben ihr stehen, die Flasche in der Hand, einen Ellbogen auf einem Brett des Zauns abgestützt.

Die anderen Zuschauer, meistens Männer, warteten vor dem Zaun. Einer von ihnen pfiff eine lange, klagende Ballade, während ein anderer versuchte, den Text von *Dos pasajes* oder *Me voy pa'l norte* zusammenzubekommen. Die anderen tranken billiges warmes Bier aus Aluminiumdosen, die sie, wenn sie leer waren, unter ihren Schuhen zertraten. Nicht weit weg vom Gatter saßen zwei Kinder auf einem umgestürzten Baumstumpf und lachten, ohne aufzuschauen, schälten ungesalzene Erdnüsse und warfen die Schalen ins Gras. Jemand hatte am anderen Ende der Straße ein Lagerfeuer entfacht, das ihnen wie ein Leuchtturm den Weg zurück in ihre Betten wies, und Alejo konnte sehen, wie die roten Funken hoch in die Nacht stoben.

Estrella wedelte einen Schwarm Mücken fort. *Und der Heilige Geist kam über sie, und Zungen von Feuer erschienen, und er zeigte ihnen seine Liebe* ... und die Worte schienen plötzlich zum Leben zu erwachen, denn sie sah, wie züngelnde Flammen die Dunkelheit aufzulecken begannen. Eulen heulten, und ab und zu schlug einer der Männer klatschend auf einen Moskito; jemand lachte so heftig, daß sie sich fragte, was ihn wohl so amüsierte. Vor ihr ließen zwei Kinder einen alten, wackeligen Autoreifen hin und her rollen, der ein paar Mal gegen ihre Stiefel stieß.

Alejo fiel auf, daß sich in ihren Augen das Licht spiegelte, aber er drehte ihr den Rücken zu und bestaunte, wie der Vollmond sich in eine flammende Scheibe aus Kupfer verwandelte. Er reichte ihr die blaue Flasche, die sie schweigend entgegennahm; sie führte den dicken Hals an den Mund, trank ein paar Schluck und leckte sich die Lippen. Ihre Stiefel schienen aus Kork zu sein und ebenso leicht und luftig; sie gab ihm die Flasche zurück, und er trank aus dem blauen Glas, das in dem schwächer werdenden Licht des Mondes bernsteinfarben glänzte. Sein nach hinten zurückgekämmtes Haar roch stark nach Brillantine. Er legte den Kopf zurück, der mit dem Hals eine lange elegante Linie bildete, und sein Adamsapfel hüpfte auf und ab, als er schluckte. Estrella rief sich die geschwungene Form der Flasche in ihrer Hand ins Gedächtnis zurück, die samtig kühle, süße Flüssigkeit, die ihre ausgetrocknete Kehle benetzte. Sie ließ ihr langes schwarzes Haar über eine Schulter fallen und strich darüber – und in dem Moment wurde ihr bewußt, daß sie die einzige erwachsene Frau dort war. Ihre Mutter hatte entsetzt »Nein!« gerufen, denn eigentlich hätte Estrella wie alle anderen Frauen in dem Wanderarbeitercamp sicher im Haus bleiben sollen, da das Zusammentreffen von Mond, Erde und Sonne in dieser Form eine mächtige Wirkung hatte. Ungeborene Kinder gerieten in Gefahr, mit einer Hasenscharte auf die Welt zu kommen, wenn nichts zu ihrem Schutz unternommen wurde. Willst du das, schrie die Mutter sie an, ein Kind, das *sin labios* geboren wird? Ohne einen Mund? Estrella schaute hinüber zur Scheune. Hinter ihr sprang etwas ins Wasser, und Estrella lauschte. Vielleicht ein Frosch, der herumplanschte, oder ein Stein, den jemand über die Oberfläche des Bewässerungsgrabens hatte schnalzen lassen.

Es juckte sie am Fuß, und sie schob einfach einen Finger in ihren Stiefel, da sie keine Socken trug. Ihre Knie. Er sah ihre Knie. Sie beschäftigte sich wieder mit ihrem Haar, was Alejo auf den Gedanken brachte, daß es bestimmt ein Luxus für sie war, hier zu sitzen, durch ihr langes, frischgewaschenes Haar zu fahren und ihre Nasenflügel mit seinem Chrysanthemenduft zu füllen. Sie hatte den Kopf wieder gehoben, um erneut zu trinken, und dabei floß ihr das Haar über den Rücken; der Mond kam wieder zum Vorschein und setzte mit seinem glimmenden Bauch einen dicken Akzent in der kupferfarbenen Nacht. Die Krater auf seiner Oberfläche bildeten die Umrisse eines Hasen.

Estrella wackelte mit den Knien und gab Alejo die Flasche zurück; ihr ausgestreckter Arm verdunkelte dabei den Mond, wie es der Schatten der Erde noch wenige Minuten zuvor getan hatte. Alejo nahm die Flasche und trank

sie aus. Dann griff er in seine Tasche und tastete nach dem Stein.
Wieder ließen sich die Grillen aus dem verlassenen Feld vernehmen, und ihr Zirpen übertönte sogar das Rauschen der Bäume. Das Pfeifen verstummte. Ein paar gähnende Männer gingen langsam in Richtung des Lagerfeuers zurück, während die Kinder hinter ihnen herrannten.
»Es tut mir leid«, sagte Alejo.
»Was denn?« entgegnete sie.
»Was immer ich gesagt habe, das dich so wütend gemacht hat.«
»Das war nicht deine Schuld«, sagte Estrella und sprang vom Zaun herunter.
»Bist du sicher?«
»Ja.«
Estrella deutete auf die Flasche und wollte ihm damit zu verstehen geben, wie wohl sie sich fühlte, aber sie wußte nicht, wie sie dieses Haus aus Worten bauen sollte, in das sie ihn einzuladen wünschte. »Das war wirklich gut«, sagte sie schließlich, und sie sahen einander an und warteten. Bau Zimmer so groß wie Scheunen. Er hielt den Hals der Flasche fest umklammert und fuhr mit dem Daumen immer wieder über den dicken Glaswulst der Öffnung. Mit weitgeöffneten Fenstern, in die sie Kerzen stellen konnte, so daß die Leute, die vorüberkamen, auf den Schein deuten würden und sie sich nicht mehr so allein fühlen müßte. »Gib her«, sagte sie und deutete auf die Flasche; Alejo dachte, daß sie sie vielleicht wegen des Pfandes haben wollte, und gab sie ihr nur allzu gern. Aber

sie stülpte ihre Oberlippe so über den Flaschenhals, daß noch ein kleiner Spalt frei blieb, legte den Daumen darauf und blies in den Hohlraum; es klang dumpf und klagend. Estrella erzeugte noch mehr dumpfe leise Töne, indem sie mit dem Daumen den Luftstrom veränderte.

»Nicht schlecht«, sagte er, und sie gab ihm die Flasche zurück. Als er seine Lippen anlegte und blies, kam kein Ton heraus.

»So macht man das«, erklärte sie und nahm seinen warmen Daumen vorsichtig in ihre zitternde Hand. »Hierher.«

»Hier? So?« Er blies, und es erklang ein schwacher Ton, der sie zum Lachen und ihn in Verlegenheit brachte.

»Wir sehen uns morgen«, sagte sie; sie schien es ernst zu meinen.

»Ja, okay«, erwiderte er, »ich freue mich. Wir sehen uns dann. Bis bald.«

Sie lief über die leere Koppel, halb begraben unter dem hüfthohen Senfgras, und ihre Stiefel scheuerten dabei an ihren nackten Knöcheln. Estrella spürte plötzlich ein Kneifen und tastete erschrocken nach ihren Lippen; im nachhinein bekam sie jetzt Angst vor dem Mond und dem Jungen mit der Hasenscharte und dem Nein ihrer Mutter. Ihr wurde erst wieder leichter, als sie hörte, wie der Wind über die Öffnung der Flasche strich und aus der Ferne verzerrte Klänge in die Nacht schickte. Sie blieb stehen und drehte sich um. Alejo war auf dem Weg zurück ins Camp und produzierte dabei Töne so tief wie ein Keller, bis Estrella nur noch die blaue Flasche erkennen konnte, die allein auf den gelben Schein des Lagerfeuers zuschwebte.

Die Mutter hatte die Fenster der Hütte mit Zeitungspapier verhängt, das sie mit einem Brei aus Mehl und Wasser befestigt hatte. Sie bat Perfecto um seine Schlüssel und verbot Estrella, nach draußen zu gehen. »Was willst du mit den Schlüsseln?« fragte Perfecto, aber die Mutter steckte die Schlüssel in die Schürzentasche über ihrem Bauch, ohne eine Antwort zu geben.

Weiße Schmetterlinge, goldene Wespen und grünbraun schillernde Fliegen schwirrten und sausten vor ihr herum, als sie über harte Disteln stolperte, um sich mit Perfecto zu treffen. Ihre Schuhe waren schlammverkrustet und fest über ihren Hosenbeinen verschnürt, an denen der Staub von der Arbeit eines ganzen Tages hing. Estrella fuhr sich mit dem Ärmel über die Stirn. Der späte Nachmittagshimmel glänzte wie eine silberne Radkappe hinter der Scheune und den Obstplantagen, und über ihrem Kopf flog ein Schwarm Enten, die Schnäbel und Hälse wie Pfeilspitzen in die Luft gereckt. Ihr Körper sackte langsam immer mehr in sich zusammen, und als ihr das auffiel, oder besser gesagt, als sie ihren eigenen Schatten sich gegen das hohe Gras abzeichnen sah, straffte sie schnell ihre Schultern und streckte die Brust heraus. Über ihr pumpten ein paar Nachzügler ihre Flügel auf.
Schließlich entdeckte sie Perfecto. Er lehnte an einem

Brett des Zauns, der die Koppel umgab, und wartete an der Stelle, wo die Mutter ihr gesagt hatte, daß er auf sie warten würde; es sei eilig, und er müsse gleich nach der Arbeit mit ihr reden. Die Stirn seines kahlen Schädels glänzte vor Schweiß, und sie sah, daß er in Richtung der Pfirsichplantagen blickte. Als sie sich dem Zaun näherte, hörte sie den entfernten Kreissägemotor eines Doppeldeckers. Statt sich wie noch vor ein paar Monaten einfach über das oberste Brett zu schwingen, suchte sie sich jetzt lieber eine lockere Stange und zog sie an einem Ende nach unten. Dann zwängte sie sich hindurch und schob anschließend das verwitterte Holzbrett wieder in die Halterung des Nagels. Sie wartete, daß er etwas sagte.

Perfecto säuberte sich den Daumennagel mit der Ecke eines Streichholzbriefchens. Der Anblick der Streichhölzer ließ ihn an eine Zigarette und an die brennende Hitze auf der nackten Haut seines Schädels denken.

»Kannst du mir helfen, die Scheune abzureißen?« fragte Perfecto. Er war ein Mann, der nicht viele Worte machte. Er hatte große Hände für einen so hageren Körper wie den seinen; sie waren durchzogen von dicken, pochenden Venen, die sich wie Wurzeln unter der Haut ausbreiteten. Die Zwillinge liebten es, mit diesen Händen zu spielen. Wann immer sie Perfecto dabei erwischten, daß er sich irgendwo hinsetzte, hockten sie sich rechts und links wie zwei Bücherstützen neben ihn hin, und jedes der Mädchen legt sich eine seiner Hände, mit der Handfläche nach unten, auf den Schoß; dann vergnügten sie sich damit, die hervorstehenden Venen erst in die Haut zu drücken, um anschließend gespannt zuzusehen, wie sie langsam wie anschwellende Flüsse auf ausgedörrtem Land wieder aus der Haut hervortraten.

»Hörst du, was ich sage?«

»Wollten sie nicht erst nächste Woche die Obstplantagen besprühen?« fragte Estrella sachlich und deutete auf den Doppeldecker, der unweit der Scheune die Pfirsichbäume bestäubte. Sie neigte den Kopf, um besser sehen zu können. So ein Riesenlärm für so ein kleines Flugzeug.

»Seit wann machen die denn, was sie sagen?« Perfecto steckte das Streichholzbriefchen in die Brusttasche seines Hemds zurück und wartete, daß das Dröhnen des Flugzeugs nachließ, ehe er weitersprach. Dabei legte er seinen Ellbogen auf ein Brett des Zauns, wie Alejo es ein paar Abende zuvor getan hatte. »Also?«

»Macht eine Menge Krach, nicht?«

»Ich brauche dich, damit du mir hilfst.«

»Ich dachte, ich hätte in der Scheune nichts zu suchen«, erwiderte Estrella. Sie ging hinüber in den Schatten der Scheune. »Ich dachte, du hättest gesagt, das sei gefährlich.«

»So kannst du dir Geld dazuverdienen.«

»Wieso ausgerechnet ich?«

»Wenn ich mir Gumencindo hole, um sie abzureißen, muß ich ihm ja auch was zahlen.«

»Was ist mit Alejo?« fragte sie. Perfecto kickte erst ein paar Kieselsteine hin und her, ehe er eine Antwort gab. Der eine Stiefel hatte vorne an den Zehen einen Riß.

»Das ist dasselbe. Nur bei deiner Mama wäre das was anderes.«

Perfecto kratzte sich am Kopf. Er hatte vergessen, seinen Hut aufzusetzen, und die Sonne stach erbarmungslos auf seinen kahlen Schädel herunter. Der Gedanke an seinen breitkrempigen Hut mit dem nachgedunkelten Schweißband, der jetzt, statt auf seinem Kopf zu sitzen, nutzlos an einem Nagel neben der Tür hing, ärgerte ihn. Das war jetzt das dritte Mal, daß er seinen Hut vergessen hatte. *Se me va la onda.* Wo hatte er nur seinen Kopf?

»Hilfst du mir nun oder nicht?«

»Das ist nicht fair«, antwortete Estrella. Wäre da nicht das Kleid gewesen, das sie über ihrer Arbeitskleidung trug, hätte man sie für einen jungen Mann halten können, wie sie da so im Schatten der Scheune stand. Sie blickte die Holzwand hoch wie beim ersten Mal, als sie gerade angekommen waren, und versuchte sich selbst mit einem Hammer in der Hand vorzustellen, wie sie die widerspenstigen langen, verrosteten Nägel aus den hölzernen Wänden zog. Die Nägel würden kreischen, und das Holz würde ächzen; sie würde seine Lebensadern herausziehen, und die hölzerne Wand würde einstürzen wie ein zahnloser Mund. Nichts würde übrigbleiben, nur ein Loch in dem zusammengebackenen Lehm, ein Loch so groß, daß man sich fragen würde, wie etwas nur so leer sein konnte.

Ist das normal? dachte Estrella. Die Leute benutzen einen, bis man völlig verbraucht ist, um einen dann in Stücke zu reißen, wenn man nicht mehr von Nutzen ist? Sie kratzte sich unter ihrem Strohhut; der Schweiß eines ganzen Tages drang langsam in ihre Kopfhaut ein. Sie hätte noch schnell einen Schluck Wasser aus dem kühlen Eimer trinken sollen, bevor sie hierher gekommen war.

Die blaue Flasche und die echte Cola und die Scheibe des Mondes über den Zedernholzbalken der Scheune hätten keine so starke Wirkung auf sie gehabt, wenn sie nicht so durstig, so hungrig und so müde gewesen wäre, daß sie sich am liebsten im Stroh zusammengerollt und die Falltüren geschlossen hätte, damit sich der Staub in der Dunkelheit setzen und sie endlich die Augen schließen konnte.

Es wehte kein Wind, und als ihr auffiel, wie still die Vögel in den Bäumen waren, bemerkte sie auch, daß das Flugzeug seinen Sprüheinsatz beendet hatte.

»Wieso muß die Scheune überhaupt weg?«

»Da drin ist jemand gestorben«, erwiderte Perfecto. Das stimmte. Das war keine Lüge.

»Da drin?«

»Das geht dich nichts an.«

»Ich glaube dir nicht.«

»Was glaubst du denn, warum die Leute sie meiden?«

»Der hasenschartige Junge treibt sich doch dauernd hier rum.«

»Das mußt du geträumt haben.«

»Wer hat dir gesagt, daß da drin jemand gestorben ist?«

»Das ist kein Geheimnis.«

»Ich habe keine Angst, Perfecto«, log sie.

»Das solltest du aber.«

Perfecto Flores hielt es für das beste, sich nicht zu ärgern. Er nahm seine Brille ab, kratzte sich an seinem grauen,

schmutzigen Kinn und an der faltigen Haut in seinem Nacken und setzte seine Brille wieder auf.
»Ich brauche dich, damit du mir hilfst.«
»Nein. Das kann ich nicht.«
Er drehte sich um und ließ Estrella einfach stehen, deren Blick auf die Scheune gerichtet und deren Gesicht unter dem Schatten ihres Hutes verborgen war.

Alejo hatte keine Ahnung, daß der Doppeldecker so nahe war; erst als sein grauer Schatten wie ein Kreuz über ihm stand, sah er ihn und duckte sich zwischen die Blätter. Das Flugzeug kreiste, legte sich steil über den Bäumen in die Kurve und ließ Schauer aus weißen Pestiziden herabrieseln.
»Was zum ...? Die sprühen!« Aber Alejo konnte Gumencindos Antwort wegen des dröhnenden Motors nicht verstehen; seine Worte gingen unter in dem Lärm.
»Lauf!« schrie Alejo und beeilte sich, selbst so schnell wie möglich vom Baum herunter zu kommen. »Verdammt, mach, daß du wegkommst!«
Gumencindo ließ die Säcke fallen und rannte los; er sprang über die Bewässerungspumpen, trampelte auf dem verfaulenden Fleisch der Pfirsiche herum und lief vor dem kreuzförmigen Schatten her.
Alejo rutschte durch die buschigen Zweige, die wirren Äste zerkratzten ihm das Gesicht, und er wollte gerade springen, als er die Feuchtigkeit spürte. Er kniff fest beide Augen zu, um den schwarzen Nachmittagsnebel auszuschließen. Zuerst fühlte er sich nur etwas feucht an, bis das Gift schließlich in dicken, klebrigen Streifen über

sein Gesicht lief. Eine Spur von Meersalz und angespültem Tang lag in der Luft, bis Alejo zum ersten Mal wieder einatmete und unter diesem unschuldigen Geruch das schwere chemische Gift erahnte, das ihm sofort die Kehle zuschnürte. Die Luft staute sich in seinen Lungen, und er glaubte, immer noch den Atem anzuhalten, bis er auszuatmen versuchte, es aber nicht konnte, was hieß, daß er keine Luft mehr bekam. Panik ergriff ihn, als ihm klar wurde, daß er am Ersticken war. Er faßte sich mit einer Hand an den Hals und spürte, wie sich sein Adamsapfel gegen seine Handfläche preßte, während er sich mit der anderen Hand weiter an einem Ast festhielt, aus Angst, gleich steif und der Länge nach hinzuschlagen, wie es die Insekten immer taten. Schließlich schluckte er, und sein Speichel schrammte wie zusammengebackener, kratziger Sand seine Kehle entlang. War dies die Strafe dafür, daß er gestohlen hatte? Es tat ihm leid, Gott, so leid.

Alejo war ganz wirr im Kopf, und er kniff die brennenden Augen noch fester zusammen, um sein Gleichgewicht wiederzuerlangen. Aber da zuckte ein Blitz durch seinen Magen, und so, als hielte man ein Streichholz an ein Stück Papier, weitete sich dieser Riß aus zu einem noch tieferen und schwärzeren Loch, das ihn vollständig zu verschlingen drohte. Er wußte, daß er sich gleich übergeben würde. Seine Kleidung war durchtränkt von der chemischen Flüssigkeit, die schließlich auch in seine Haut eindrang; sein ganzer Körper verkrampfte sich, als seine Haut anfing, sich zusammenzuziehen und auf seine Knochen zu drücken.

Er keuchte und fiel fast vom Baum; wäre er nicht fest entschlossen gewesen, nicht hinunterzufallen, wäre er wie ein reifer Pfirsich zu Boden gestürzt und mit einem dumpfen Geräusch unten aufgeschlagen. Alejos Oberkörper kippte nach vorne, aber er fing sich gerade noch und blieb in einem Ast hängen, wo er sich das Gesicht im dichten Blätterwerk zerkratzte. Als das Geräusch des Doppeldeckermotors erneut näher kam, schloß er die Augen und stellte sich vor, wie er in einer Teergrube versank.

Zuerst stellte er sich vor, wie seine Füße bis zu den Knien darin verschwanden, wie der Teer seine Hüften und seinen Oberkörper verschluckte und wie der ernorme Druck ihm die Brust zerquetschte und die Rippen brach. Der Teer schmiegte sich an seine Haut und reichte ihm bald bis ans Kinn, dann bis zum Mund und unter die Nase, aus der die Luft in Blasen entwich. Schwarze Luftblasen, die ihn auslöschten. Schließlich waren die Augen an der Reihe. Ausgelöscht. Dann Tausende von Knochen und das weiße Mark dieser Knochen. Ein gesplitterter Knochen, von einem Draht zusammengehalten, damit wieder ein ganzer Knochen daraus entstand. Kein Fingerabdruck, keine Historie, ein Knochen. Kein Lavagestein. Keine Geschichte, keine Familie, ein Knochen. Und als er aus der Schwärze des Teers erwachte, blickte er hinauf in das Blätterdach der Pfirsichbäume und in das Gesicht seines Cousins; seine Stirn war eine Masse aus dunklem Blut, Kratzern und verklebten Haaren.

Perfecto betrachtete nachdenklich die Weggabelung. Er stand im Schatten von ein paar Bäumen und dehnte die hageren Gliedmaßen seines Körpers, dieses alten, verwitterten Wetterfähnchens, dessen eingerostete Kniegelenke knarzten wie Türangeln im Wind. Er befreite seine Kehle von Schleim und spuckte ihn aus. Auf seinen Schultern ließen sich nervös zitternde Fliegen nieder und rieben ihre Vorderbeine aneinander, während eine gelbbäuchige Wespe sein Ohr sondierte. Der Wind drehte sich, und er atmete eine schwache Spur von Salzwasser ein und mußte husten.

Perfecto sehnte sich danach, nach Hause zurückzukehren. In sein richtiges Zuhause, nicht in die Holzhütte. Seine Sehnsucht war so brennend, wie das Geld wichtig war, das er für Petras Familie heranschaffte. In letzter Zeit vergaß er ständig seinen Hut und stolperte über seine Erinnerungen, wie ein Kind, das laufen lernt; so, als hätte er in dreiundsiebzig Jahren eine zu weite Entfernung zurückgelegt, um weiterhin geradlinig und guten Willens sein Ziel verfolgen zu können. Was würde passieren, wenn er auch den Weg nach Hause vergäße?

An diesem Morgen wachte er neben einer jungen Frau auf, und das erregte ihn, denn dies war die Frau, die er einst trotzig unter den von Wolken verhangenen Augen Gottes in dem Cañon geliebt hatte. Ohne den Segen der Kirche hatte er seine Hosen auf die Knöchel fallen lassen und sich mit dem bloßen Hinterteil auf den heißen Kalkstein gesetzt; er hatte ihr versichert, daß er sie liebe, daß sie ihm vertrauen solle, und er hatte sie auf sich gezogen direkt unter dem offenen Himmel und der

Sonne und den wolkenverhangenen Augen. Sie hatte sich rittlings auf ihn gesetzt und ihre Knie geöffnet wie eine gewachste Kaktusblüte; ihre Fersen hatten sich in seinen Rücken gebohrt, in die poröse Oberfläche des Steins; er hatte sein Gesicht unter den Baumwollstoff ihres Kleides geschoben und den Geruch nach Gurken und fleischigen roten Opuntienfrüchten in sich aufgesogen. Der glänzende Samen war aus ihm herausgeschossen und in sie hineingeflossen, dann wieder aus ihr heraus und seinen Oberschenkel entlang, um schließlich wie klares Wasser auf dem Kalkstein zu verdampfen.

An diesem Morgen liebkoste er sie zwischen den Halbmonden ihrer Schulterblätter, und sie drehte sich zu ihm um, und es war nicht die Mercedes eines anderen Lebens; er erwachte ein zweites Mal, überwältigt von dem Geruch nach Knoblauch. Er stand auf und wußte nicht, wo er war; tastend suchte er nach seiner Brille, stürmte in seinen Unterhosen aus Kattun aus der Hütte und stolperte zum Wagen. Er schaute in den Seitenspiegel des Kombis und sah, daß sein Haar nicht tiefschwarz war wie in dem Traum; auch seine Haut war nicht so straff wie damals vor mehr als vierzig Jahren, als er mit Mercedes zusammen war. Er versuchte, Ordnung in sein Gehirn zu bringen und sein Gedächtnis von unnötigem Ballast zu befreien, um sich wieder daran zu erinnern, wer er war und wer er nicht war.

Schildläuse tropften wie Kringellocken auf Perfectos Knie und fielen von dort zu Boden; aufmerksam betrachtete er die schwarzen Insekten, ihre Rückenpanzer und ihre Beinchen, die ruderten und zappelten. Er mußte an ihren Erstgeborenen von der Farbe einer reifen Pflaume denken. Perfecto stupste die Läuse mit dem Finger an. Mercedes vergrub vor Scham über ihr Versagen ihren Kopf in den Händen, ohne daß jedoch der anklagende Blick in ihren Augen erloschen wäre. Sie erklärte ihm, die Frauen hätten sie nicht in das Ritual des Kinderkriegens eingeweiht, weil das gegen *seine* Kirche gewesen wäre; kannte man die Zeremonie, erkannte man auch Dämonen und Heiden. Danach wollte sie nichts mehr zu tun haben mit seinem Gott. Aber Perfecto wußte es besser; es gab keine Absolution für ihre Liebe im Cañon. Dies war eine Verhöhnung und eine Grenzüberschreitung gewesen. Das hatte nichts mit Ritualen zu tun. Hektisch mit den Flügeln schlagend, sausten ein paar Fliegen im Zickzackkurs über den weichen Boden. Sie bekamen noch andere Kinder, aber der Preis für diese eine Lektion – ein Leben – war zu hoch gewesen.

Tage später übergaben sie das blaue, stumme Kind der Erde, ohne den Segen eines Priesters, dafür mit einem Plastikkranz, geschmückt mit künstlichen Blütenstielen. Nur eine Babydecke blieb zurück. Mercedes wusch sie, legte sie zusammen und versenkte sie ganz unten in dem Korb mit ihren eigenen Sachen. Aber niemand glaubte ihm, wenn er sagte, daß der süßsaure Kindergeruch noch immer in der Decke hing. Er konnte weder Worte noch Farben finden, um das ganze Spektrum dieses Geruchs zu beschreiben. Er konnte nur beschreiben, wie die Decke roch: nach Zitrus und Minze, nach Rosenwasser, manchmal auch nach Nelken. Noch Jahre später, während sich der Krebs in Mercedes' Brust fraß, nahm Perfecto hin und wieder die Decke aus dem Korb und preßte den Stoff an sein Gesicht. Jedesmal, wenn eines der Kinder erwachsen wurde und aus dem Haus ging, atmete er ihren Duft ein, und als Mercedes in jener wahnsinnigen Nacht vor unendlich vielen Jahren starb, brannte der Geruch nach reinen Nelken die Erinnerung an ein so kurzes Leben unauslöschlich in seine Nasenflügel ein, schickte sie weiter an seine Lungen und überschwemmte sein Herz, bis es so schnell schlug, daß sich ihm der Kopf drehte und seine Augen nicht mehr aufhörten zu tränen. Niemand glaubte ihm, aber er schwor Jahr um Jahr aufs neue, daß die Decke immer noch nach ihrem erstgeborenen Kind roch.

Perfecto hustete in seine Faust, seine Nase fing zu laufen an, und er schneuzte sich und hustete wieder. Fliegen taumelten wie Blätter von den buschigen Bäumen, fielen auf seine Schultern und von dort auf den Boden. Perfecto erhob sich langsam, zog erneut sein Taschentuch heraus und hielt es sich unter die Nase. Der Erdboden war übersät mit sterbenden Insekten.

Im Licht des Morgens sah Alejo, daß er Dreck und Teer unter den Fingernägeln hatte, und erschrak. Er kam sich vor wie eine zerbrochene Muschelschale, die weit weg vom Ozean in der Wüste in irgendwelchen Felsschichten zurückgeblieben war. Irgend etwas war schiefgegangen. Die See hatte sich ohne ihn zurückgezogen.

Die Seitenbretter auf der Ladefläche des Lastwagens klapperten wie zerbrochenes Geschirr, und der Lärm ließ ihn hochfahren:

»*¡Gumencindo!*«

»*¿Qué traes?*«

»Ich fühle mich nicht gut.«

»*'mano*, die Beule auf deinem Kopf sieht aber wirklich schlimm aus.«

»Das tut auch weh, Mann.«

»Geh heute nicht zur Arbeit.«

»Hilf mir nur auf den Lastwagen hoch. Ich bin schon okay.«

Die anderen *piscadores* schauten einander vielsagend an und betrachteten Alejo, der neben ihnen saß und sich den Bauch hielt; dann rückten sie von ihm ab, als ob Pech ebenso ansteckend wäre wie jede andere Krankheit.

Der klebrige Geruch nach Chemie und Salzwasser verstopfte ihm immer noch die Nasenlöcher, und Alejo hatte das Gefühl, als würde er stinken. Speichel sammelte sich in seinem Mund, und als er über das Seitenbrett spuckte, tat Ricky es ihm nach.

»Was ist mit dir passiert?« Estrella deutete auf seine blaue zerschrammte Stirn. »Bist du in Ordnung?« Die hohen, grauen Schatten der Eukalyptusbäume huschten über sein Gesicht, als sie die Straße entlangfuhren. Dieses Mal waren es drei Lastwagen hintereinander, die holpernd zu einem anderen Teil der Plantage unterwegs waren.

»Ich bin gestürzt.«

»Du solltest besser aufpassen.«

»Jetzt ist es schon zu spät, *qué no*, Star?« Er betastete den getrockneten Schorf auf seiner Stirn und zuckte zusammen; dabei erhaschte er einen Blick ihrer Augen, die ihn tröstend ansahen. Es ist zu spät.

Die Sehnsucht, nach Hause zurückzukehren, war mittlerweile zu einem Tumor angewachsen, der sich hinter Perfectos Herzmuskel eingenistet hatte und mit jedem Tag, der verging, größer wurde. Er war schuld daran, daß ihm die Luft ausging und er zwischen den Weinstöcken die Augen schließen mußte, wenn die Sonne hoch am Himmel stand.

Perfecto lebte in einer Umkehrung aller Gesetze. Er wußte nicht, woher das kam, aber es schien, als widerspräche bereits seine bloße Existenz den Gesetzen der anderen, so daß alles, was er tat – wie essen, schlafen, arbeiten und lieben –, verboten war. Jetzt wollte er nicht das bißchen Zeit verschwenden, das ihm noch geblieben war. Mit oder ohne Estrellas Hilfe würde er die Scheune abreißen. Er brauchte dieses Geld, um nach Hause zu kommen, bevor dieses Zuhause in so weite Ferne rückte, daß er sich nicht mehr an den Weg dorthin erinnern konnte.

Er kniff die Augen zusammen, um sie vor der stechenden Sonne zu schützen. Er empfand eine unaussprechliche Trauer und setzte sich eine Weile zum Ausruhen unter die Weinstöcke; er konnte hören, wie sein Herz in seinen Ohren pulsierte. Immer und immer wieder stach er mit seinem Messer auf den Erdboden zwischen seinen Arbeitsschuhen ein. Die Erde ließ die Schärfe seines Messers ebenso ins Leere laufen, wie es ein eigenes zweites Leben tat.

Etwas später in derselben Woche brachen zwei der *piscadores* zusammen. Aus dem tragbaren Radio, dem ein

Gewirr an Drähten als Antenne diente, drang knisternd die Nachricht, daß mit Temperaturen von über zweiundvierzig Grad zu rechnen sei. Radio Cali, Rosarito, Baja California. Eine Frau hatte angerufen und den Wunsch geäußert, daß der DJ *Las Mañanitas* für ihren Mann spielen solle, der einundzwanzig wurde, und der DJ hatte ein paar Witze über ihr Liebesleben gemacht. Die *piscadores* legten ihre Burritos zum Aufwärmen auf den Kühlergrill des Pickup. Die Fahrer bauten Zeltbahnen und Tische für die Mittagspause auf, und für die, die von der Sonne geschwächt waren, stellte man Aprikosen- und Pfirsichkisten hin.

Alle verkrochen sich im Schatten und hockten auf den Obstkisten oder kauerten auf ihren Fersen, während andere ihre Halstücher naß machten und sie um ihre verbrannten Nacken schlangen. Die Sonne verbrannte ihre Füße, ihre Köpfe, ihre Augen. Ein kleiner Junge, dessen Wangen voller Rotz und Dreck waren, weinte, und die Mutter beruhigte ihn mit Zucker und Wasser und säuberte sein Gesicht mit einem Zipfel ihres Arbeitshemds. Eine andere Frau saß auf dem Trittbrett des Pickup und stillte ihr Baby; über die magere Brust hatte sie sich eine Windel gelegt. Der plumpe, nackte Fuß des Babys schaute unter der Decke hervor, und Estrella berührte die erbsengroßen Zehen, die sich sofort zusammenzogen und sie zum Lachen brachten. In Estrellas Augen war die Frau noch sehr jung, in ihrem Alter vielleicht? Die Frau wich ihrem Blick aus.

Estrella überließ ihre Obstkiste Señora Josefina. *»Ay«*, stöhnte sie, als sie sich setzte. *»Ay.«* Die Fahrer teilten

Wasser in Pappbechern aus, und als der Aufseher mal kurz weg war, ließen ein paar von ihnen weiße Broschüren mit dem schwarzen Bundesadler darauf herumwandern. Estrella bekam auch eine, faltete sie sorgfältig in der Mitte zusammen und steckte sie in ihre Gesäßtasche, um sie später in Ruhe zu lesen. Die Augen schmerzten in dem Moment zu sehr.

In einem Werbespot ertönte die aggressive Stimme eines Mannes, der die Möbel von Gigante Mueblería und einen unkomplizierten Ratenkredit anpries, *porque hay un especial de sillones »Lazy Boy«*. Ein Anrufer fragte den DJ: *»Quál es el criterio que usa la migra pa' reconocer mojados?«* Gelächter vom Band. Wessen Rücken ist nasser, fragte der DJ, der eines Mannes, der einen Fluß durchschwimmt, oder der Rücken dessen, der einen Ozean durchquert? Der Anrufer bekam den Witz nicht mit, und die Erkennungsmelodie eines anderen Werbespots wurde eingespielt; Estrella sah Wasser und Eis vor sich und stellte sich vor, wie es wäre, schwimmen zu gehen.

Keiner hatte bisher den Schatten unter einem der Lastwagen für sich beansprucht, der Öl verlor und aus dessen Kühler heißes Wasser tropfte, und so schob sich Estrella langsam mit dem Rücken über den Kies und unter das Wagenheck. Der Laster war recht hoch, und wenn sie gewollt hätte, hätte sie sich auch auf die Seite legen können, aber sie zog es vor, auf dem Rücken zu liegen und ihre Hände hinter dem Kopf zu verschränken. Unter dem hinteren Bremslicht schauten gerade noch ihre Schuhe hervor. Aber sie stellte ein Bein hoch, so daß ihr Knie an den Auspufftopf stieß.

Sich an die heiße Erde zu schmiegen machte sie schläfrig, und sie mußte gähnen. Sie lag da und starrte auf die geschwärzten Eingeweide des Ford-Lasters, die als ein wirres System aus unterschiedlichsten Röhren am Unterboden entlangliefen und hier und da sogar darin verschwanden; dann folgte ihr Blick einem längeren, verrosteten Rohr, das zwischen der vorderen und der hinteren Stoßstange verlief. Estrella drehte sich um und sah alle möglichen verdreckten Stiefel, Tennisschuhe und Sandalen hin und her laufen; Wasser wurde verschüttet, und Pappbecher und Einwickelpapier wurden auf den Boden geworfen. Estrella konnte den Schuhen nicht ansehen, ob es sich bei ihren Trägern um Männer oder um Frauen handelte. Irgend jemand drehte die Lautstärke des Radios voll auf, und Los Panchos sangen lauthals einen süßlichen Bolero. Der DJ ermunterte seine Zuhörer zum Mitsingen.

Die unterschiedlichen Schuhe setzten sich in Bewegung und gaben einen Kreis in der Menge frei, damit ein Paar tanzen konnte. Estrella hörte Gelächter und Stimmen, die die Tanzenden anfeuerten, und sie sah sie sogar für eine kurze Minute zum Rhythmus der Gitarren über den Boden gleiten, bis sich wieder die anderen Schuhe vors Bild schoben.

Seine großen, hohen Turnschuhe kamen auf den Lastwagen zu; ganz deutlich konnte sie die dicken grauen Gummisohlen unter dem schwarzen Leinenstoff sehen, ebenso deutlich, wie sie den dicken öligen Belag auf den Stoßdämpfern vor Augen hatte. Seine Baseballmütze fiel zu Boden, er bückte sich, um sie aufzuheben, und sie sah seine Augen und seine Stirn, die immer noch blau und blutverkrustet war. Sein Gesicht verschwand wieder, und ihr Blick folgte weiter seinen großen Schuhen. Dann hörte sie, wie sein Körper von der vorderen Stoßstange glitt.

»Paß auf das Öl auf.« Sie hatte das Gefühl, ihn warnen zu müssen.

»Zu spät. Meine Hose ist schon voll.«

»Tut mir leid.«

»Weißt du, wo das Öl herkommt?« fragte er flüsternd, als hätte die Sonne ihm sogar die Energie entzogen, in einer normalen Lautstärke reden zu können. Jetzt war die Musik aus dem Radio kaum mehr zu hören, so laut unterhielten sich die *piscadores.* Der DJ alberte mit einem Mann herum, den seine Frau aus dem Haus geworfen hatte. Weitere Lacher vom Band. Jemand wechselte den Sender, und ein Kaleidoskop aus Geräuschen mündete in den blechernen Klängen einer Blaskapelle.

»Wahrscheinlich ein Loch im Motor.«

»Das meine ich nicht.«

»Wieso fragst du mich das?«

»Wenn es kein Öl gibt, gibt es auch kein Benzin.«

»Gut. Dann könnten wir uns nicht mehr von der Stelle rühren.«

»Wir würden festhängen, das würden wir.«

»Tun wir das nicht jetzt auch schon?« Estrella streckte beide Beine aus und überkreuzte sie an den Knöcheln, so daß ein Hosenbein über dem anderen lag. Irgend jemand pfiff ein Lied.

»Schon mal was von Teergruben gehört?«

»Schon eher von Pfirsichgruben.« Sie hörte ihn lachen.
»Vor Jahrmillionen, da sanken tote Tiere und Pflanzen bis auf den Grund des Meeres.«
»Du redest gern, habe ich recht?«
»Stell dir irgendwelche Knochen am Grund des Meeres vor …«
»Wenn du meinst.« Estrella gähnte. Es fiel ihr schwer, sich die kühle Stille des Meeresgrunds vorzustellen, jetzt, da ihre Füße von der Hitze geschwollen waren und juckten und wie zwei Gefangene an den Käfig ihrer Schuhe stießen. Aber sie konnte es riechen, sie konnte den Tang riechen.
»Knochen und Steine und Blätter, die ganz langsam hinuntersinken.«
Estrella betrachtete den Reifen, dessen Profil ein ebensolches Muster aufwies wie das Spitzendeckchen, auf das ihre Mutter immer die Statue von *Jesucristo* stellte. *Hinuntersinken.* Ihr fiel auf, daß das mit weißen Buchstaben aufgedruckte Wort GOODYEAR schon stark verblichen war. *Langsam.* Über das Summen der Radiowellen hinweg drangen Alejos Worte mit hypnotisierender Wirkung zu ihr durch.
»Die Knochen lagen Millionen von Jahren auf dem Meeresboden. So war das. Ist doch eigentlich logisch, oder nicht, daß aus Knochen Erdöl wird?« Estrella spürte, wie Alejo ihre Hand nahm; gleichzeitig fühlte sie, wie ihr der nasse Schweiß an den Brüsten entlanglief. Sie war daran gewöhnt, Körper zu spüren, die ihrer Schwestern und Brüder, die sich im Schlaf an sie drückten; oder an den Körper ihrer Mutter, die sie ohne jede Verlegenheit bei

den merkwürdigsten Gelegenheiten in den Arm nahm: während Estrella vielleicht gerade in eine Tortilla biß oder wenn sie von draußen von der Toilette zurückkam. Estrella hatte sich sogar an Maxines ranzigen Geruch gewöhnt, wenn sie neben ihr lag und mit ihr in *Millie the Model* las. Aber diese Haut war anders, diese Hitze, dieser Geruch waren anders.

Sie bemerkte, daß sein Körper sich auf dem Kies bewegte, und versuchte sich vorzustellen, wo sein Gesicht jetzt war, wo die Worte herkamen. Sie spürte, wie sich die Härchen an ihren Armen aufrichteten und wie sich der Schweiß zwischen ihren Schulterblättern sammelte. Sie hörte ihn erst laut schlucken, als ob er dringend ein Glas Wasser benötigte, dann, daß er heftig und mehrmals hintereinander die heiße Luft einatmete. Estrella versuchte sich abzulenken, indem sie sich auf die Schrauben und die schmutzigen Muttern konzentrierte, die fest an den Reifen geschraubt waren. Sanft entzog sie ihm ihre Hand betastete die Schrauben und verrieb die dicke Ölschicht zwischen ihren Fingern.

»Erdöl? Du meinst Teeröl?«

»Einmal, als ich beim Pfirsichpflücken war, da hörte ich Schreie. Ich mußte sofort an die Tiere denken, die in den Teergruben steckenbleiben.«

»Ist das auch Menschen passiert? Sind da auch jemals Menschen steckengeblieben?«

»Nur einmal«, erwiderte Alejo. »In den Teergruben von La Brea hat man menschliche Knochen gefunden. Die eines jungen Mädchens.«

Sie verstummten. Estrella spürte, wie er wieder ihre Hand

nahm, ihre Finger, die voll öliger Schmiere waren, und schloß die Augen. Sie wehrte sich nicht, obwohl sie nicht wußte, wie die Reise aussehen würde, auf die er sie mitnahm. Alejo strich vorsichtig ihre Finger glatt, als breitete er eine Straßenkarte aus. Er preßte seinen Mund auf ihre Handfläche, und seine Lippen, die sich so trocken wie Backpulver anfühlten, blieben lange dort liegen, bis die Hitze seines Atems in ihre Hand eingedrungen war. Sanft wie die Tentakel einer Seeanemone schlossen sich ihre Finger um sein Kinn. Dann legte er seine Wange auf die nackte Haut ihrer Handfläche, seine Bartstoppeln kitzelten sie, und sie lächelte in der Dunkelheit ihrer geschlossenen Augenlider, bis Alejo sie erneut küßte, länger, dieses Mal, und feuchter, flehender. Der ölige Abdruck ihrer Hand und die Umrisse ihrer Finger zeichneten sich auf seinem Gesicht ab. Und mehr mußte er gar nicht tun.

Estrella lag ganz still, ganz ruhig, mit fest geschlossenen Augen, und versuchte, nicht an Eingänge und Ausgänge, nicht an Stoppschilder und an Vorfahrtszeichen zu denken. Sie ballte ihre Hand zur Faust, als umschlösse sie ein Herz, und schob sie in ihre vordere Hosentasche. Er sagte kein Wort; sie wollte das Hungergefühl in sich ausblenden und versuchte daher, sich eine Schicht Erdöl vorzustellen, die in ihrer Schwärze alles verschluckte – das Radio, die plumpen Zehen des Babys und die Schuhe, die knirschend die äußere Begrenzung ihres Lebens umrundeten. Entspannt legte sie wieder beide Beine nebeneinander.

Estrella lief und spürte den Wind auf ihrem Gesicht. Wäre Maxine dagewesen, wäre sie zu ihr gelaufen, doch statt dessen rannte sie so schnell, wie ihre klobigen Stiefel es zuließen, zu der Scheune. Sie packte den Türrahmen, trat ein und sog den Moschusgeruch nach Dung in sich auf. Die Spinnweben, die von den Dachbalken hingen, flatterten kaum merklich in dem Luftzug. Das Sonnenlicht strömte in breiten Bahnen durch den hohen Raum und entlang der schrägen Wände – wie die Schwerter, die bei einer Zaubervorführung kreuz und quer in eine Kiste gesteckt wurden. Estrella konnte nicht widerstehen. Sie legte ihre Hände um einen Sonnenstrahl, in dem der Staub nach oben wirbelte, während das Lichtbündel nach unten schoß. Die Kraft der Sonne in ihrer Hand, spürte sie, wie die durchdringende Hitze langsam auf ihre Handflächen strahlte, die Alejo geküßt hatte; sie sah das Blut ihres Körpers, ein strahlendes, rötliches Rosa, und lachte. Die Sicherheitsnadeln an den Ärmeln ihres Hemds glitzerten wie Diamanten. Sie hörte, wie das alte Holz knackte und sich beklagte, und sie hörte die Eulen, deren Krallen an dem schrägen, giebeligen Dach scharrten, und in dem Moment erkannte sie, daß sie nicht allein war. Sie schaute sich suchend nach dem Jungen mit der Hasenscharte um.

Ohne Furcht trat sie nun in die Mitte der Scheune, wo die Kette hing, die so gar nicht dorthin paßte. Alles andere hatte seine Berechtigung: die Boxen, der schwere Geruch nach feuchtem Heu, das Stroh, das auf dem flachen Boden ausgebreitet war, die rostige Mistgabel, die an der mit tiefen Furchen durchzogenen und verwitterten Holzwand lehnte, alles – nur nicht die Kette. Estrella legte den Kopf in den Nacken und blickte zur Decke hinauf; dabei fiel ihr Hut zu Boden, und ihr Haar ergoß sich über ihre Schultern. Wieso hing diese Kette da? War sie ein Teil eines Getreideaufzugs oder ähnlichem? Ihr fiel eine Falltür auf, deren Rechteck von der Sonne beschienen wurde, dort, wo die Kette an der Decke befestigt war. Sie packte sie an einem Ende und zog daran wie ein Glöckner, vorsichtig zuerst, aber dann mit der ganzen Kraft ihrer Muskeln; gleichzeitig sprang sie zur Seite für den Fall, daß die Kette nicht ausreichend befestigt war, und dabei trampelte sie mit den Schuhen auf ihrem Hut herum. Die Kette ließ sich leicht bewegen. So wie beim ersten Mal, als sie sie gesehen hatte, stieß sie scheppernd gegen ihre Aufhängung. Als sie sich bückte, um ihren Hut wieder aufzuheben, fielen Estrella ihre Hände auf. Da, wo sie vorher voller Licht gewesen waren, waren sie nun fleckig von rotem Rost.

3

Florente von den Inseln klärte Gumencindo darüber auf, daß sein Cousin Alejo an einer Krankheit leide, die man *daño of the fields*, Übel der Felder, nannte. Das sei kein Sonnenstich oder eine Grippe, das sei was Schlimmeres. Alejo konnte sich ohne das Gefühl, gleich umzufallen, nicht mehr lange auf den Beinen halten, und sein ganzer Körper war geschwächt von Durchfall und Brechanfällen. Tag um Tag gingen sie ohne ihn zur Arbeit, bis Gumencindo schließlich nicht mehr wußte, was er tun sollte.

»Er muß nach Hause gebracht werden«, riet ihm Perfecto. Er schob seine Brille auf den Nasenrücken hoch, um besser die sich windenden Würmer betrachten zu können, die dort, wo seine Sohlen ihre Abdrücke hinterlassen hatten, aus der Erde krochen. Perfecto hatte sie nicht vom Himmel fallen sehen, also mußten die Maden aus der Erde zu seinen Füßen gekrochen sein.

»¿Mande?« fragte Gumencindo. »Was hast du gesagt?«

»Er muß nach Hause gebracht werden«, wiederholte Perfecto. Langsam drehte er die Spitze seines Stiefels in das Gewimmel der Maden.

»Aber er kann ja nicht einmal laufen.«

»Vielleicht braucht er auch nur Ruhe«, meinte Petra und zog dabei den Plastikdeckel von einer grünen Kaffeedose.

»Aber wir müssen bald nach Hause, bevor die Schule losgeht.«
»Ihr werdet euch gedulden müssen.«
»Aber die Busse fahren schon ab.«
»Können die nicht warten?«
»Ich weiß nicht.«
Die gesprenkelten Nachmittagswolken zogen wie Rauch über die knisternde Kochgrube und über Petra, die drei gehäufte Löffel mit gemahlenem Kaffee in die dampfende Kaffeekanne schüttete und anschließend noch etwas kaltes Wasser nachgoß, damit die zerstoßenen Bohnen auf den Boden sanken. Ein leichter Wind ließ einen Geruch nach Knoblauch und Holzrauch aufsteigen und zerrte an Petras Schürzenbändern, während Cookie die Stufen zur Veranda hochflitzte. Das alles trug dazu bei, daß Perfecto sich wieder etwas wohler fühlte und aufhörte, mit dem Stiefel in der Erde herumzubohren.
»Hat Florente gesagt, daß es ansteckend ist?« fragte Petra und schlang die Bänder ihrer mit Enten bedruckten Schürze erneut zu einem lockeren Knoten.
»Ist es nicht. Er hat so etwas schon viele Male miterlebt.« Perfecto betrachtete Gumencindos besorgtes Gesicht, das so jung und ebenso bartlos wie das von Ricky war. Irgendwann einmal, in einem anderen Land, war er vielleicht auch mal so jung gewesen.
»Wie alt bist du?« fragte Perfecto, denn angesichts der Würmer und des Himmels und all dessen mußte er es unbedingt wissen.
»Fünfzehn.«
»¿Y tu primo Alejo?«

»Fast sechzehn.«
»Fast?« Perfecto seufzte. Er nahm einen Blecheimer und drehte ihn um. »Setz dich hierher«, sagte er und klopfte einladend darauf; Gumencindo gehorchte. »Was kann ich dir nur sagen?«
»Ich wußte, daß etwas passieren würde«, erwiderte Gumencindo. Er ließ den Kopf hängen, schüttelte ihn nur ab und zu und dachte an die bösen Vorahnungen, die ihn bei dem lauten Geschrei überfallen hatten. »Ich wußte es. Ich konnte es in meinen Knochen spüren.«
»Wenn man etwas so tief in sich spürt, dann sollte man auch darauf hören«, warf Petra ein und trocknete einen Emailbecher mit einem Geschirrtuch. Cookie sprang von der Veranda, rannte zu ihnen hin und zerrte an Petras Entenschurz; Petra drückte das Gesicht ihrer Tochter gegen ihren Bauch und mühte sich ab, die wirre Masse aus zerzaustem Haar zu glätten. Automatisch hielt sie dabei Ausschau nach Cookies Zwillingsschwester, denn ein Zwilling allein war wie ein einzelner Schuh. Perla saß mit überkreuzten Beinen auf der Veranda und betrachtete fasziniert, wie ein roter Marienkäfer über ihr Handgelenk lief und auf ihrer Handfläche herumkrabbelte.
»¡Deja ai!« rief Petra, aber Perla schnippte den metallisch glänzenden Käfer mit dem Fingernagel fort.
»Hast du schon gegessen?« wollte Perfecto von Gumencindo wissen, aber in dessen Kopf blinkten nur immer wieder die Worte auf: *Können nicht warten,* und schoben Perfectos Stimme in den Hintergrund, so daß er ihm keine Antwort gab.
Petra schlang das Geschirrtuch um den Griff der Kaffee-

kanne, füllte den Becher, stellte die Kanne wieder auf den heißen Rost und bot Gumencindo den Becher Kaffee an. Er nahm ihn mit einem nachdenklichen Nicken.
»Sind die knusprig?« wollte Cookie wissen, die die ganze Hand voller Marienkäfer hatte.
»¡Deja ai!« Petra packte Cookies Handgelenk und schüttelte es. Die schwarzen Punkte auf den roten, glänzenden Rücken der Käfer teilten sich, und die Flügel sprangen auf. Petra wußte, daß sie ihre Kinder nie im Stich lassen würde. »Vielleicht sollten wir ihn zu uns holen«, sagte sie. Sie versuchte, Cookie hochzuheben, spürte aber, daß die Anstrengung zuviel für ihre Beine war. »Geh spielen«, befahl sie Cookie, aber die Kleine suchte lieber den Boden nach Marienkäfern ab.
»Meinst du?« fragte Perfecto.
Petra ließ sich auf eine Obstkiste sinken und massierte die Innenseite ihres rechten Knies. Sie würde den Knoblauch verdoppeln müssen.
»Wenn wir uns schon nicht umeinander kümmern, wer soll es dann tun?« fragte Petra. »Wir müssen aufeinander aufpassen.«
Perfecto fühlte sich nicht wohl, in Gegenwart von Gumencindo über Alejo zu reden, aber Gumencindo starrte abwesend in die Schwärze seines Kaffees. Perfecto vermutete, daß er bereits im Bus und auf dem Heimweg war.
»Er ist krank, Petra. So krank, daß ihm die beste *yerba*, das beste Heilkraut, und auch kein Gebet mehr helfen können.«
»Es ist nicht gut, jemanden zurückzulassen.«
»Du verstehst nicht.«

»Ich spüre es in meinen Knochen.«

»Du kannst dich ja selbst kaum auf den Beinen halten«, fuhr Perfecto fort und deutete mit seiner großen Hand zitternd auf den Beweis an ihren Beinen, auf die Venen, die sich um so stärker dunkelblau verfärbten, je länger sie herumlief.

»Wieso kommst du überhaupt auf die Idee, du könntest ihm helfen?«

»Wieso glaubst du, ich könnte es nicht?«

»Du hast schon genug am Hals.«

»Wenn Ricky oder Arnulfo oder meine *hija* krank würden, hätte ich es auch gern, daß sich jemand ihrer annimmt, du nicht?« Sie hörte auf, ihr Bein zu massieren.

»Das ist etwas anderes«, sagte Perfecto und senkte dabei die Stimme.

»Wieso? Wieso soll das bei uns anders sein?«

»Es ist zu viel«, erwiderte er, »zu viel.«

»Man weiß nie, welche Hindernisse Gott einem in den Weg legt, um uns zu prüfen.«

»Uns zu prüfen?« fragte Perfecto ungläubig. Der Kaffee kochte über und tropfte zischend in die Flammen.

»Du weißt schon, was ich meine.«

»Du bist verrückt, sage ich dir.«

Petra stand auf. Mit einem Zipfel ihrer Schürze packte sie den Griff der Kaffeekanne und nahm sie vom Feuer.

Perfecto schüttelte mehrmals den Kopf.

»Das kann ich nicht erlauben.«

»Es liegt nicht in unseren Händen.«

»Ich kann es nicht erlauben.« Ihm fiel ein Loch in den gerippten Wolken auf, die geradewegs auf ihn zutrieben.

Einen Augenblick lang hatte er das Gefühl, als würde jeden Moment die Hand Gottes durch das Loch greifen und ihn hinauf in den Himmel ziehen. Er schaute auf den Boden hinunter, wo sich die Maden wie weiße Flecken gegen das Schokoladenbraun der Erde abzeichneten. Die Brust tat ihm weh.

»Nicht jetzt«, flehte er. »Nicht jetzt.«

»Was ist los mit dir?«

»Ich sage dir, du kannst das nicht machen!«

»Sag mir, daß ich mich zum Teufel scheren soll«, erwiderte Petra, »sag mir, daß ich verrückt bin. Aber so etwas sagst du mir nicht ins Gesicht. Sag mir nicht, daß ich etwas nicht machen kann.« Petra kehrte gemächlich zu der Obstkiste zurück, setzte sich wieder darauf, strich ihren Schurz glatt und verschränkte die Arme vor der Brust wie zwei Bretter, die vor ein Fenster genagelt waren.

Mit Hilfe von Perfecto Flores trug Gumencindo seinen Cousin in die Hütte und legte ihn auf einen Stapel Decken, der als Bett diente. Nachdem Petra ihm ein Kissen unter den Kopf geschoben hatte, fühlte Alejo sich gleich besser. Man hatte ihn zuvor viele Tage allein gelassen, während die anderen zur Arbeit gegangen waren, hatte ihn dem Gestank alter Socken und der Einsamkeit überlassen. Und jetzt dachte sich Alejo, daß er, wenn er schon sterben müsse, wenigstens nicht allein sterben wolle. Seine Muskeln verkrampften sich bei der geringsten Bewegung, und der ganze Schmerz sammelte sich in seinem Kopf, während die Tage, einer nach dem anderen, gleichförmig vergingen.

Petra brachte etwas Reiswasser gegen seinen Durchfall, schob die Hand unter seinen Kopf, richtete ihn auf und hielt ihm die Tasse an die Lippen. Er konnte das schlammige graue Wasser kaum schlucken, und die Ausdünstungen seiner Krankheit legten sich wie ein Nebel aus Schweiß und verrottendem Abfall um ihn. Später spürte er etwas Kühles, und als er die Augen aufschlug, sah er Petra, die mit einem Hühnerei über seinen nackten Bauch strich und dabei Gebete vor sich hin murmelte. Unter großer Anstrengung drehte er den Kopf und bemerkte, wie sie das Ei in eine Schüssel schlug und aufmerksam das Eigelb betrachtete; dann stellte sie die Schüssel mit dem Ei hinter seinen Kopf, und er machte die Augen wieder zu.

Durch einen Schleier aus Schläfrigkeit, Schmerz und Einsamkeit hindurch spürte er, wie Perfecto sich abmühte, ihm die Hosen auszuziehen, und er sah, wie Petra mit Eimern voll Wasser auf ihn zukam. Erst als er die tröstende Wärme des Wassers zwischen seinen Schenkeln spürte, wurde ihm klar, daß er sich beschmutzt hatte und daß sie ihn wuschen, aber es ging ihm zu erbärmlich, als daß er sich deswegen geschämt hätte. Er hoffte nur, daß Star weit weg war.

An diesem Tag schlief Alejo mehrere Stunden durch. Als er erwachte, war es dunkel, und er fühlte sich besser. Er lauschte dem Zirpen der nächtlichen Grillen, das durch das offene Fenster hereindrang, den rauhen Atemgeräuschen der Kinder, das ihm so fehlte, wenn er nicht zu Hause war. In einem Raum voller Kinder zu schlafen war etwas anderes, als in einem Raum mit lauter Männern zu sein. Die Gerüche, Geräusche und Träume waren anders. Er bemerkte Stars Rücken neben sich. Ein Knopf hinten an ihrem geblümten Nachthemd war aufgegangen; Alejo rückte näher an sie heran, um sich von diesem Stückchen Haut trösten zu lassen, das nicht unter Stoff begraben war. Sie, die an die Arme und Beine ihrer Geschwister gewöhnt war, drückte sich an ihn, damit ja keine Lücken zwischen ihren Körpern entstünden, durch die die kalte Luft eindringen könnte. Estrella roch deutlich nach Holzrauch, Schweiß und Erde, aber auch süß wie Eagles-Kondensmilch, ein Duft, den er an ihrem Nacken wahrnahm. Sie drehte sich um und stieß einen Seufzer aus; sie machte den Eindruck, als nähme sie ihren Schlaf ernst. Ein schlafendes Gesicht sieht so anders aus als ein waches. Ihre Wimpern zeichneten sich lang und schwarz gegen ihren Teint ab, der braun war wie die Kruste eines Weizenbrotes; bis auf ein paar wenige unreine Stellen auf ihrer Stirn war ihre Haut glatt und weich, als er ihre Wange berührte. Schlaftrunken strich sie sich über das Gesicht. Alejo schmiegte sich noch näher an sie, bis er mit dem Kopf neben ihrer Brust lag; ihr Atem an seiner Wange, der ihn in den Schlaf wiegte, überzeugte ihn schließlich, daß er doch nicht sterben würde.

Am Montag zuvor hatte Perfecto Petra dabei beobachtet, wie sie mitten im Teigkneten am Tisch innegehalten hatte. Sie schaute hinüber zu den Eukalyptusbäumen; woran sie dabei dachte, wußte er nicht, aber ihr starrer Blick ließ ihn einen Augenblick lang denken, daß ihr die Bäume sein Geheimnis zuflüsterten. Konnte sie wissen, was er dachte? Konnte sie aus der Art, wie er sich um zusätzliche Arbeit bemühte, schließen, was los war? Konnte sie es dem Bimmeln der Schranken an den Eisenbahnübergängen entnehmen? Aber sie löste sich wieder aus ihrer Erstarrung und fuhr fort, den weißen Teig für die abendlichen Tortillas zu kneten.

Am Donnerstag zuvor hatte er von Krankheit geträumt: Seine Adern glichen Bewässerungsgräben, verstopft von sterbenden Insekten, die zappelnd auf dem Rücken lagen und mit ihren kleinen, paarweise angeordneten Beinchen strampelten. In der Nacht darauf träumte er, daß Mercedes nach ihm rief in ihrem lächerlichen Rüschenkleid, in dem sie begraben worden war. Seine Träume waren nie in Farbe. Perfecto, erinnerst du dich nicht mehr an uns? flüsterte sie in sanften Brauntönen. Oder war es sein Baby? Es waren die Erinnerungen, die seine Seele an die heimatliche Erde banden.

Er wußte, daß die Geister aus der Traumwelt ihm etwas sagen wollten, aber jede Nacht, die er neben Petra lag, betete er erneut darum, daß die Geister ruhig bleiben und ihn die sanfte Gegenwart einer Frau genießen lassen würden, die von einer Aura aus Knoblauch umgeben war, die in nichts dem prächtigen Heiligenschein nachstand, der um *La Virgen* Maria schwebte. Was hätte er noch von den Geistern verlangen können? Aber es war zu spät, zu spät. Er war zu alt, um diese Familie zu stützen, und überhaupt, für wen hielt er sich eigentlich? Es war am Samstag, da träumte er von Schlüsseln, dem Mond und davon, daß Petra schwanger war.

Er konnte nicht leugnen, daß die Vorzeichen mit den

Insekten als Warnung für ihn gedacht waren. Sogar Petra hatte es gesagt: Wenn du es so tief drin in dir spürst, dann hör darauf. Das letzte Zeichen war der junge Mann, Alejo. Er hatte den Tod des Jungen unter seinen nackten Füßen gespürt, als er ihn auf die Veranda und in ihr Haus getragen hatte. Er war so nahe.

Alejo hörte das Summen eines Moskitos und hob die Hand, um ihn zu verscheuchen. Er tastete suchend über sein Gesicht, noch zu benommen, um die Augen aufzuschlagen. Genervt von der Hartnäckigkeit des Moskitos, öffnete er sie schließlich doch und sah, daß Cookie ihn mit einem weißen Faden an der Nase kitzelte. Irritiert drehte er sich zum Fenster und meinte schon, doppelt zu sehen, denn dort schaute er Perla ins Gesicht, die interessiert seine Pockennarben und stoppeligen Wangen musterte, die sich wie Sandpapier anfühlten, als sie sie berührte.

Perfecto säuberte mit einem schmutzigen Lappen, den er zum Prüfen des Ölstands immer unter dem Fahrersitz hatte, die verkrusteten Anschlüsse der Batterie. Er schraubte die Verschlüsse ab, beugte sich darüber und schnupperte, ob es nach der ätzenden Schwefelsäure roch, steckte die Deckel wieder darauf, knallte die Motorhaube des Kombis zu und warf den schwarzgefleckten Lappen auf den Vordersitz. Es konnte kein Zweifel daran bestehen, daß der Wagen eine neue Batterie benötigte. Die Säure war so mit Wasser verdünnt, daß sie kaum mehr zu riechen war; der Anlasser reagierte kaum mehr und hörte sich bei seinen asthmatischen Versuchen an wie ein Löffel, der über Metall schrammte. Es war nur noch eine Frage der Zeit. Perfecto zog sein Taschentuch aus der hinteren Hosentasche und entfernte die ölige Schmiere zwischen seinen Fingern, während er auf die Hütte zuging. Der Abriß der Scheune würde gutes Geld bringen. Zumindest konnte er sich davon eine neue Batterie kaufen und hatte noch etwas Geld übrig, das er den anderen geben konnte.

Ricky und Arnulfo sammelten Feuerholz; als sie mit den Holzstecken einen übermütigen Schwertkampf begannen, rief er ihnen zu, sie sollten aufhören mit dem Unfug und statt dessen lieber das Holz zu der Kochgrube tragen. Er mußte an seine eigenen Kinder denken, die mittlerweile erwachsen waren, und fragte sich, wo sie wohl lebten und auf welcher Seite der Grenze sie sich niedergelassen hatten; er fragte sich, wie er es nur fertiggebracht hatte, sich so weit und für so lange Zeit von ihnen zu entfernen.

Die Zwillinge kamen auf ihn zugerannt und packten ihn an seinen großen Händen; ihre eigenen fühlten sich fleischig und feucht an. Zuerst wollte Perfecto seine Hände zurückziehen, weil er die Berührung ihrer kleinen Finger, die sich um die seinen legten, nicht länger ertrug, aber sie ließen nicht locker, sondern verstärkten ihren Griff und lachten. Aufgeregt schnatternd versuchten sie, jede in ihren Worten, ihm mitzuteilen, daß Alejo seine Augen geöffnet und sie verscheucht habe, einfach so, mit den Worten – Geht weg! –, was sie dann auch getan hätten. Die Zwillinge zerrten Perfecto Flores auf die Veranda, wo gerade Petra aus der Hütte trat; der Anflug eines amüsierten Lächelns über seine Vergeßlichkeit lag auf ihrem Gesicht, während sie seinen Hut in ihren Händen drehte. Er tat so, als sähe er sie nicht, und ging an ihr vorbei in die Hütte.

Petra wußte, daß die verworrenen schwarzen Linien auf einer Straßenkarte nur wenig aussagten über die wahre Natur der Hügel und Täler des in der Morgensonne vor ihnen ansteigenden, immer wieder geflickten Teerbelags, der mal von Bäumen gesäumt war, mal nicht, und der kurz zu einer Hauptverkehrsader anschwoll, um dann außerhalb der kleinen Dörfer, die wie zufällige Spritzer in die Landschaft geworfen waren, wieder zu einer leeren Landstraße zu verkommen. Sie waren zu Fuß unterwegs und mußten mehrere Obstplantagen durchqueren, bis sie endlich auf den großen Highway stießen; Petra spürte die Hitze des Asphalts unter ihren Füßen pulsieren. In den öligen Pfützen auf dem Teerbelag spiegelte sich der Himmel wie in frischem Regenwasser, obwohl es seit Monaten nicht mehr geregnet hatte. Die ganze Familie stand nun wartend in einer Reihe auf dem mit Disteln bewachsenen Seitenstreifen der Straße und schöpfte Atem.
Estrella war in die Hocke gegangen; über ihr ragten die Starkstrommasten in den Himmel. Der geblümte Stoff ihres Kleides war von dem häufigen Waschen schon ganz dünn, und in dem gleißenden Sonnenlicht erschienen die rotblauen Veilchen noch blasser. Estrella steckte ihren weißen Daumennagel in den Straßenbelag und

schnitt langsam eine kleine Scheibe aus dem geschmolzenen Teer. Gleich auf der anderen Seite des Highways befand sich der windschiefe Laden, der in ihren Augen jedoch ebenso begehrenswert erschien wie ein Schluck Wasser.

»Es ist wirklich heiß«, sagte Estrella.

»Erzähl uns zur Abwechslung doch mal was Neues«, entgegnete Ricky. Die Gummisohlen seiner Schuhe hingen voller Disteln, die man anstelle von Zäunen um die Obstplantagen gepflanzt hatte, um Dieben den Zugang zu erschweren. Sorgfältig zupfte Ricky die Disteln von seinen Sohlen.

»Sollen wir noch warten?« fragte Arnulfo und warf einen Blick die flimmernde Straße hinunter. Sie sah ebenso flach wie eine überfahrene und verdörrte Schlange aus.

»Auf was warten?« stieß Petra in einem Tonfall hervor, aus dem Müdigkeit sprach und der sich deswegen erbost anhörte. Erschöpft stützte sie die Stirn in ihre Hand. Die Dämmerung war die einzige Zeit des Tages, die Erleichterung vor der gleißenden Sonne bot, und sie schien ebenso unerreichbar zu sein wie der Laden. Ein limonengrüner Bermuda-Sportwagen mit weißem Faltdach und weißen Radkappen rollte von der Straße und unter die Markise über der einzigen Zapfsäule des Ladens, bremste, und zwei Leute stiegen aus.

»*Vamanos*«, beschloß Petra.

Estrella setzte sich Perla auf die Schultern, nicht ohne ihr jedoch zuvor noch strikte Anweisungen zu geben. »Und fuchtle mir ja nicht mit deinen *manitas* vor den Augen herum, *gordita*«, sagte sie, und ihre Schwester nickte wie eine Wackelpuppe auf dem Rücksitz eines Autos. Ihre plumpen Beinchen baumelten vor Estrellas Brust, während ihre verschwitzten Hände sich an ihrer Stirn festhielten.

»Vielleicht sollten wir doch noch warten«, wiederholte Arnulfo zaghaft. Ein Ford-Pickup mit einem zerbeulten Scheinwerfer kam vorbeigerumpelt und hupte, und das Geräusch erschreckte ihn.

»Nach dem jetzt«, sagte Petra und deutete auf den Transporter einer großen Umzugsfirma, der mit so unglaublich hoher Geschwindigkeit an ihnen vorbeischoß, daß er die Säume ihrer Kleider hob und ihre Hemden vorne aufriß. Estrella preßte sich Cookie an den Bauch, und die Kleine schlang ihre Beine um ihre Hüften.

Petra schaute nach beiden Seiten. Wie aus dem Nichts tauchte plötzlich ein ganzer Konvoi an Fahrzeugen auf und blies ihnen den staubigen Wind ins Gesicht.

»Nach dem jetzt«, wiederholte Petra.

Cookie verstärkte ihren Griff. Estrella folgte dem Klicken der Gummisandalen ihrer Mutter. Die Zwillinge waren schwerer, als sie gedacht hatte. Estrellas Hals schmerzte von Perlas Klammergriff. *Laß doch locker.* Die Disteln unter ihren Schuhsohlen gaben ihr das Gefühl, auf Nägeln zu laufen, als sie mit kurzen, präzisen Schritten über das Asphaltband lief. *Du fällst schon nicht runter.*

Als sie die Zapfsäule erreichten, ließ Estrella Cookie als erste los und holte dann Perla von ihren Schultern; die plötzliche Befreiung von ihrer Last verursachte ihr

Schwindelgefühle. Schweißflecken breiteten sich auf dem Stoff auf ihrem Rücken aus und verliehen den Veilchen eine neue purpurrote Pracht. Schnell schlüpfte sie unter die verfärbte Markise, wo ihr Schatten sich auflöste wie Schweineschmalz in einer heißen Bratpfanne. Der Fahrer des Bermudas drückte auf den Hebel der Zapfpistole, und auf der Anzeige der alten Benzinpumpe erschienen krachend und ratternd die Zahlen. Die Luft war geschwängert von Benzindämpfen.

»Das nächste Mal werdet ihr zwei selbst laufen.« Petra schwenkte drohend ihren ausgestreckten Zeigefinger. Die Zwillinge versteckten sich hinter Estrella. *»Huercos fregados«*, flüsterte sie.

Petra verschränkte die Arme vor der Brust und musterte die tiefen, bequemen Sitze des Bermudas. Es war dem Wagen anzusehen, daß auf diesen Polstern nichts gegessen wurde – so sauber wie der weiße, hochflorige Teppich noch war. Petra beneidete den Besitzer um seinen Wagen, mit dem er von einem verstreut liegenden Flecken auf der Landkarte zum anderen reisen konnte. Sie stellte sich den Mann als einen Menschen vor, der seinen Nachbarn gut kannte, der jeden Abend in dasselbe Bett zurückkehrte, der immer wußte, wo Schulen und Geschäfte waren und wo die Büchsen mit Nescafé in den Regalen standen; bei ihm war bestimmt immer am Ende der Woche Zahltag. Die Zapfpistole rastete ein, und der Besitzer des Bermudas hängte sie wieder an ihren Platz zurück.

Die beiden Jungen hatten den Highway nicht überquert. Ricky war immer noch damit beschäftigt, die Dornen aus seinen Sohlen zu zupfen. Der Mann holte ein blaues Papiertuch aus einer silbernen Schachtel und polierte die Chromteile seines Wagens.

»Soll ich sie holen?« fragte Estrella.

»Willst du sie ewig auf deinem Rücken herumtragen?« Petra war wütend. Wieder röhrte ein Sattelschlepper an ihnen vorbei, und der Fahrtwind preßte ihre Kleider zwischen ihre Knie. *»¡AHORA MISMO!«* rief Petra den Jungen zu, als der Laster schon längst nicht mehr zu hören war und sie immer noch dastanden. *»¡Pronto!«* und durchbohrte dabei die Luft mit ihrem wütenden Finger. Aber die verdörrte Schlange ängstigte die Jungen. Arnulfo mußte dauernd daran denken, wie sie einmal eine Schlange gefunden hatten. Der Körper der Schlange war von den Reifen eines Sattelschleppers so plattgedrückt worden, daß Ricky den glatten Körper nicht einmal mit einem Buttermesser vom Asphalt hatte abkratzen können.

Petra hob die Stimme, so daß kein Zweifel mehr an ihren Worten bestehen konnte. *»¡Pronto!* Oder es scheppert im Karton!« Der Mann mit dem Bermuda schaute sie über die Motorhaube seines limonengrünen Wagens hinweg überrascht an, während die Sonne in grünen Wellen die Farbe des Wagens auf seinem Gesicht reflektierte. Petra trug Kleidungsstücke, die farblich nicht zusammenpaßten, da sie in erster Linie solche mit Blautönen herausgesucht hatte; Blau war eine kühle Farbe bei diesen hohen Temperaturen, und das war der Grund, weshalb sie so angezogen war. Sie wünscht sich, der Mann würde endlich aufhören, sie so anzustarren. Er knüllte das blaue

Papiertuch zusammen und warf es auf den Boden; die Zwillinge schauten gebannt zu, wie sich das blaue Knäuel langsam wieder entfaltete. Arnulfo und Ricky trippelten in kleinen Schritten über den kochenden, Blasen werfenden Asphalt, bevor die Mutter ihr Versprechen wahr machen konnte.

»Es ist so heiß«, jammerte Ricky.

»Erzähl uns zur Abwechslung doch mal was Neues«, erwiderte Estrella.

Petra ging voran, die Kinder waren in der Mitte, und am Ende kam Estrella. Sie liefen an einem roten Getränkeautomaten und an einer Frau vorbei, die Lacklederpumps trug und mit der Faust auf den Automaten einschlug, bis ein paar Vierteldollarmünzen in den Schacht fielen. Petra warf einen schrägen Blick auf die spitzen Absätze der Frau. War das so eine wie die, mit der Estrellas richtiger Vater den Whittier Boulevard überquert hatte? Die Frau starrte erst Petra und dann die Kinder an, bis ihr Blick an Estrella hängenblieb, die auf eine Münze neben dem Absatz der Frau deutete. Ihr Rock war so eng, daß sich die Frau nur mit Schwierigkeiten bücken und die Münze aufheben konnte.

Sie kamen auch an dem Wachhund vorbei, der seinen bläulich roten Bauch in wilder Raserei immer wieder an derselben Stelle gegen den lockeren Drahtzaun warf. Der Hund knurrte und fletschte seine Zähne; schließlich fing er zu bellen an, bis sein Gekläffe in ein wütendes Geheul überging.

»Halt's Maul«, herrschte ihn Arnulfo tapfer von der

anderen Seite des Zauns her an. »Halt endlich dein Maul!«

»Guter Hund, lieber Hund, süßes, süßes Hündchen«, gurrte Perla, blieb aber auch auf Abstand. Der Hund beruhigte sich tatsächlich, stieß mit seiner schwarzen Nase gegen den Drahtzaun und blähte seine dreckverkrusteten Nüstern.

»Das sag ich Mama«, krähte Cookie.

»Er liebt mich eben«, erwiderte ihre Zwillingsschwester Perla.

»Geh ja nicht näher an *ese perro loco* ran!« rief Petra. Ohne Vorwarnung riß der Hund weit seine Kiefer auf, gähnte und schüttelte den Kopf, daß seine Lefzen nur so flogen; sein Halsband schepperte dabei wie ein ganzer Schlüsselbund, und schließlich schleppte er seinen schorfbedeckten Körper zu dem Vorratsschuppen hinüber, wo Metallkisten voller leerer Sodaflaschen standen.

»Du hast ihm angst gemacht.«

»Bleib ja auf der Veranda. *¡Y tu!*« Petra deutete auf Ricky: »Du paßt auf die *niñas*, die Kleinen, auf.«

Petra erlaubte den Kindern nicht, mit in den Laden zu kommen. Der Besitzer zuckte jedesmal zusammen, wenn Kinder seinen Laden betraten, so, als könnten ihre Berührungen den Wert seiner Waren schmälern. Und es gab einfach zu viel, das man in die Hand nehmen konnte: Töpfe, Besen, ein Faß mit Pintobohnen und an den Wänden Plakate von irgendwelchen Berühmtheiten; dazu Stoffballen in den Regalen und stapelweise Raubkopien von Musikkassetten. Daneben jede Menge Gipsstatuen von Cantinflas, einem beliebten mexikanischen

Volksschauspieler, alles mögliche in Dosen, Kerzen und Propangasflaschen, die wie Soldaten in Reih und Glied standen. Außerdem befanden sich die Pfefferminzstangen genau in Augenhöhe der Kinder. Dies alles rief, wenn Petra sie mitnahm, ein äußerst befremdliches Benehmen bei ihnen hervor, so daß sie sich veranlaßt fühlte, sie mit einem heftigen, aber ungerechtfertigten Zorn zu verprügeln, den sie hinterher jedoch sofort wieder bereute. An einem rostigen Reißnagel über der Fliegengittertür hing einen Kette aus Weihnachtsglocken, obwohl es mitten im Sommer war, und diese Glocken bimmelten laut, als Petra die Tür aufmachte.
»Kauf mir eine *raspada,* ein Eis«, bettelte Arnulfo.
»Bleibt im Schatten der Veranda«, erwiderte Petra.
»Lassen Sie die Fliegen nicht raus«, sagte Ricky.
»Lassen Sie die Fliegen nicht raus«, sagte der Ladenbesitzer, als er das heisere Gebimmel der alten Glocken hörte. Er kicherte, als wäre sein uralter Witz noch immer taufrisch, und blickte dabei von seinem Hauptbuch hoch, das so dick wie eine Bibel war; dann blähte er seinen Nasenflügel, holte sein Taschentuch heraus, schneuzte sich und steckte es wieder in die Westentasche. Das Surren der Gefriertruhe im Hinterzimmer brach abrupt ab, und es wurde deutlich stiller im Laden. Zu dieser Ruhe gesellte sich bald ein Geruch nach verbranntem Gummi.
»¡Puta madre!« fluchte eine Stimme.
»¿Y qué gana hablando así?!« murmelte Petra Estrella zu, während sie ihr einen Korb reichte.
»Bist du sicher, daß du es wieder hinkriegst?« rief der

Besitzer der fluchenden Stimme im Hinterzimmer zu. Über der Registrierkasse hing gelblich verstaubtes Kreppapier, das aussah wie alter Kabelsalat.
»Vertrauen Sie mir«, erwiderte die Stimme. Ratternd setzte sich gleich darauf der Motor wieder in Bewegung, und das Geräusch erinnerte Petra daran, wie sich der Motor des Busses angehört hatte, der den steilen Bergpaß der Interstate-5 bezwungen hatte.
Petra griff nach einer Dose mit El-Pato-Tomatensauce, schaute nach dem Preis, nahm eine Tüte mit Milch und ein Glas mit Peperoni und stellte anschließend alles wieder ins Regal zurück. Schließlich entschied sie sich für vier Dosen Frühstücksfleisch und legte sie in Estrellas Korb; die Dose mit zweihundert Gramm kostete einen Dollar achtzig, und sie errechnete im Kopf rasch einen Gesamtpreis von sieben Dollar zwanzig, stellte zwei Dosen wieder zurück, berechnete erneut die Summe und bemerkte dann erst das Sonderangebot, das drei Dosen für fünf Dollar anpries, so daß sie im Endeffekt bei einem Kauf von sechs Dosen billiger wegkam, weshalb sie schließlich wieder vier Dosen in den Korb legte.
Frisches Obst und Gemüse wurden lieblos in kleinen Alukörben angeboten, die ganz hinten an der Wand standen; es hatte kaum noch Ähnlichkeit mit den frischen Feldfrüchten, die erst ein paar Tage zuvor geerntet worden waren. Draußen auf den heißen Feldern waren das Obst und das Gemüse fest und knackig, aber hier im Laden wurde nur das verkauft, was sonst nicht mehr zu gebrauchen war: Eingedrückte, überreife Tomaten hatte man einfach auf angeschlagene Äpfel gekippt, die grü-

nen Peperoni lagen bei den *tomatillos*, den kleinen, grünen Tomaten, und zwischen den fleckigen Orangen schauten hier und da ein paar wäßrige Gurken hervor. Die weißen Zwiebeln erinnerten Petra an Eier.

»Wir sollten ein paar Eier mitnehmen«, sagte Petra und schaute auf die Plakate, die an die Wand hinter den Gemüsekörben gepinnt waren. Bis auf die Dosen mit Frühstücksfleisch war Estrellas Korb noch immer leer.

Ein großes Heiligenbild der Jungfrau von Guadalupe hing schief zwischen den beiden Postern von Elvis Presley und Marilyn Monroe, die mit beiden Händen ihr weißes, sich bauschendes Kleid nach unten drückte. *La Virgen* war mit rot, grün und weiß blinkenden Weihnachtslichtern geschmückt, die sich wie eine Halskette aus Ziermünzen um das Bild der Heiligen schmiegten. Jedesmal, wenn die Lichter aufblitzten, sah Petra ihr Spiegelbild in den züchtig niedergeschlagenen Augen der heiligen Jungfrau. Im Gegensatz zu Marilyn Monroe, deren Pumps hinter verschrumpelten Schoten der Marke Chile Negro verschwanden, erhob sich *La Virgen* strahlend über einer himmlischen Wolke aus üppigen Knoblauchzehen.

»Meinst du?« erwiderte Estrella. »Sollen wir wirklich ein paar Eier mitnehmen?«

Der Motor der Gefriertruhe sonderte einen Geruch nach Weihrauch ab.

»Wir brauchen unbedingt Knoblauch«, sagte Petra. Den obersten Knollen war anzusehen, daß sie schon älter waren: viele hatten braune Altersflecken oder grüne Triebe. Petra schob ihren Arm tief in den Korb, da sie genau wußte, daß die frischeren Knollen immer ganz unten lagen. Schließlich steckte ihr Arm bis zum Ellbogen in Knoblauch, während ihre Hand unten nach den festen Zehen tastete, so daß die oberen Knollen wie Hagelkörner, die vom Himmel fielen, auf die Dielenbretter kullerten.

Petras nackte Zehen zeichneten sich blau zwischen dem grauen Knoblauch ab, und einen Moment lang hatte es den Anschein, als stünde sie inmitten von Wolken. Es war nur dem Zufall und dem richtigen Einfallswinkel der Sonne zu verdanken, daß sie mit eigenen Augen sah, wie sie von bauschigen Wolken getragen wurde; aber nur, bis sich eine große braune Hand um einen Bund Knoblauchknollen schloß, denn diese Hand holte sie wieder in die Wirklichkeit zurück. Seine Arbeitshosen waren bis zu den Stiefeln hochgeschlagen, weite Aufschläge, so tief wie Taschen; durch den dicken Weihrauchgeruch sah sie seinen runden, kahlen Schädel an die Oberfläche dringen. Und dann schien es noch ewig zu dauern, bis sie endlich sein Gesicht sah, denn die wenigen Augenblicke, die verstrichen, waren wie Jahre.

Graue Bartstoppeln hingen in den tiefen Schluchten seiner Wangen. Er sah alt aus, aber das Leben, das sie führten, brachte es mit sich, daß einem leicht zwanzig zusätzliche Jahre ins Gesicht geschrieben wurden, so daß ein Mann mit fünfzig wie siebzig aussah; sie selbst sah vielleicht auch bereits wie fünfzig aus, obwohl sie erst fünfunddreißig Jahre alt war.

Er packte weitere Knollen Knoblauch, hob sie an seine platte Nase, schloß die Augen und atmete mit großer

Konzentration ihren Duft ein. In seiner Brille spiegelten sich tanzend die Weihnachtslichter. Er schlug die Augen wieder auf, wählte eine Knolle aus und streckte sie ihr entgegen. Der Geruch war stark und intensiv, doch unter seiner scharfen Oberfläche entdeckte Petra den Duft nach Rosenwasser, der dieser Knolle ihre ganz besondere Kraft verlieh. Petra wandte sich an Estrella.

»Siehst du? An der hier kannst du es genau riechen, den Rosenduft, riech mal, und dabei glaubst du mir das nie! Sieh doch«, sagte sie und hielt die Knolle in die Höhe, »die hier ist sogar von unserer Jungfrau gesegnet!« Aber Estrella zuckte nur mit den Schultern, noch nicht in der Lage, die Blume in der Knolle zu sehen, die sie neben das Dosenfleisch legte.

»Die glauben einem doch nie was«, sagte der Mann.

»Gracias. Muy amable«, bedankte Petra sich, nachdem sie den letzten Knoblauchbund vom Boden aufgehoben hatte. Sie streckte die Hand aus. Er nahm sie, und die seine fühlte sich an wie die Rinde eines Baumes; als er ihre Hand wieder losließ, hatte sie das Gefühl, als steckten Splitter in ihren Fingern.

Dafür, daß er so dünn war, machten seine Stiefel einen erstaunlichen Lärm auf dem Holzboden. Der rote Werkzeugkasten, den er trug, schien sehr schwer zu sein, denn seine Schulter hing tief zu Boden, als er mit dem Kasten zum Ladentisch ging. Er stellte ihn davor hin und stützte sich mit einem Fuß darauf ab.

»Es hatte etwas mit den Kabeln zu tun«, sagte der Mann. Er holte ein paar zerschlissene Kabel aus seiner Tasche, um es zu demonstrieren, aber der Ladenbesitzer fegte die

Einzelheiten seiner Erklärung mit einer wedelnden Bewegung seines großen Schnupftuches beiseite, das er gleich darauf wieder in seine Tasche zurückstopfte.
»Perfecto! Damit ist deine Rechnung erledigt«, bellte er.
»Kann ich mir etwas von dem Wassereis nehmen?«
»Selbstverständlich, selbstverständlich«, erwiderte der Besitzer und schlug Perfecto auf die Schulter.
Petra zerteilte die üppigen weißen Knollen, roch daran, überzeugte sich, daß ihr der Geruch prickelnd in die Nase stieg, und betastete prüfend die brüchige Papierhaut. Die konnte man gut pressen und, mit heißer Milch aufgekocht, als Mittel gegen Magenschmerzen hernehmen; man konnte sie auch mit etwas Essig anmachen und dann einige Zeit im Schatten stehen lassen, so daß sie später gegen die Stauungen in ihren Venen helfen würden.
Außerdem waren die einzelnen Zehen groß genug, daß man sie würfeln und damit einen Topf voll Chili würzen konnte.
Der Mann trug einen Jutesack über der Schulter, der schwer über seinen Rücken und fast bis zum Boden hing; Petra lächelte, und er erwiderte ihr Lächeln. Die knorrigen Finger seiner freien Hand schlossen sich um den Metallgriff des Werkzeugkastens, und Petra eilte zum Ausgang und öffnete die Fliegengittertür; die Weihnachtsglocken schrammten wie die Knöchel einer Hand über die Tür, und der Ladenbesitzer sagte: »Lassen Sie die Fliegen nicht raus!« und brach, wie gehabt, in schallendes Gelächter aus.

Perfecto sagte: »Sie sind sehr freundlich, Miss«, und ging hinaus; Wasser tropfte hinter ihm auf den Boden.
Der Ladenbesitzer atmete laut und schwer durch den offenen Mund. Er klappte zwei Papiertüten auf, legte das Dosenfleisch nach unten und den Knoblauch und die Zwiebeln oben drauf. Petra fragte sich, wozu er sich überhaupt einen Schnurrbart stehen ließ; das, was auf seiner Oberlippe wuchs, war so dünn wie der Gedankenstrich, den er – wenn man anschreiben ließ – nach jedem Posten mit dem Bleistift machte.
»Bei Ihnen gibt's wohl Knoblauchsuppe?« fragte er in einem Tonfall, den man als sarkastisch hätte bezeichnen können, wenn man zynisch gewesen wäre.
»Ich verkaufe Ihnen gerne einen Topf voll«, erwiderte Petra.
»Für ein paar Eier«, fügte Estrella hinzu.
»Ich habe aber keine«, entgegnete er.
»Das dachte ich mir schon«, sagte Petra und gab Estrella eine der Tüten.
Der Ladenbesitzer schlug das Hauptbuch auf einer Seite auf, die in der rechten oberen Ecke bereits ganz dunkel war von dem vielen Umblättern mit den angefeuchteten Fingerspitzen, und legte es Petra zum Unterschreiben vor. Das Summen der Gefriertruhe verstummte erneut, und Petra und Estrella folgten den Wassertropfen hinaus aus dem Laden.
»Was hast du da im Mund?« Petra hob Cookies Kinn und betrachtete mißtrauisch das Gesicht ihrer Tochter, die kauend auf der Veranda hockte. »Was ißt du da?«
»Eis«, erwiderte Ricky, der ein körniges Stück Wassereis

zwischen den Fingern hielt. »Da war ein netter Mann, der hat uns das Eis gegeben.« Dabei kaute er wie ein Eichhörnchen. Das schmelzende Eis lief über seine Hand und tropfte auf die Stufen der Veranda.

»Was für ein Mann?« wollte Petra wissen und schaute sich suchend um, aber Ricky deutete nur vage in Richtung des verlassenen Highways.

»Er hat es uns geschenkt«, warf Cookie ein. Ihre Wangen glühten, und sie sah aus, als hätte sie Fieber. Sie kaute ihr letztes Stück und starrte begierig auf Rickys Anteil.

Petra stellte die Papiertüte ab und faltete sie oben am Rand so fest zusammen, daß es sich anhörte wie knisterndes Feuer. Dann warf sie noch einen Blick auf das lange Band der Straße. Vertrau mir, hatte er gesagt, als sie den Laden betrat, und das tat sie. Der Highway schien sich endlos in die Ferne zu erstrecken und gleichzeitig heiß, trocken und naß zu sein: Der Asphalt hielt die Hitze des Tages zurück, so wie ihr Herz die Hoffnung in sich speicherte. Eis, was war in einem Stück Eis?

»Vamanos«, sagte Petra.

Der Wachhund knurrte, als sie wieder an ihm vorbeikamen, und Petra trat gegen den Zaun, der heftig zu wackeln anfing; der Hund wich zurück und kratzte sich mit einem Hinterbein am Hals, wobei seine blauroten Hoden wie Klingelbeutel hin und her schwangen. Perla spuckte ein Stückchen Eis auf ihre Handfläche und warf es über den Drahtzaun. Der Hund rollte seine rosa Zunge über das Eis.

»Vergiß mich nicht«, schärfte sie dem Hund ein, »ich hab dich lieb.«

Petra starrte auf das himmelblaue Laken, das die beiden Räume in der Hütte voneinander abtrennte: Das Laken war dünn wie Papier und schwankte leicht in der kühlen Morgenluft. Es war noch nicht hell, der beginnende Tag war nur zu erahnen; das Laken, das den noch dunklen Morgen ausschloß, flatterte wie Perfectos pfeifende Lippen. Er lag auf dem Rücken und hatte einen Arm über das Gesicht gelegt, als wollte er etwas von sich fernhalten; in den tiefen Tälern seiner Achselhöhlen wuchsen vereinzelt ein paar dünne Härchen. Er schnarchte, die Haut an seinem Hals hing in losen Falten um seinen Adamsapfel. Perfecto murmelte im Schlaf, drehte sich um und zog ihr dabei fast die ganze Decke weg. Sein Hals und seine Schultern waren von der Sonne verbrannt, so daß er trotz seines nackten Oberkörpers und seines weichen, weißen Bauches so aussah, als trüge er ein T-Shirt. Sie zerrte an der Decke, um sich ihren Teil wieder zurückzuholen.
Petra strich über die Hitze in ihrem Bauch. Ihren Körper zu verleugnen, das wäre so, als würde sie leugnen wollen, daß der Morgen anbrach; ebenso sinnlos wäre es, die Hände auf die Ohren zu pressen, um den Gesang der Vögel zum Verstummen zu bringen, die beim ersten Licht des Tages erwachten. Sie lauschte auf Perfectos tiefes, heiseres Schnarchen. Er war der einzige Mann, den sie kannte, der im Schlaf mehr Krach machte als im wachen Zustand. Dann hörte sie sie reden. Wie die Vögel erwachten auch sie beim ersten Licht des Tages.
»Star?«
»Ja?«
»Gib mir doch mal das Wasser.«

»Fühlst du dich besser?«
»Ja. Danke.«
»Viele von uns bekommen es. Auch Mama muß zur Zeit recht oft brechen.«
Als Petra das hörte, zog sie noch fester an der Decke und drückte ihre Brüste an Perfectos Rücken, so daß sie ihr Herz zwischen sich schlagen hörte.
»Und du?«
»Ich bin in Ordnung. Aber ich will nicht, daß Ricky und Arnulfo auf die Felder raus müssen. Die können doch noch gar nicht wissen, wie man am besten mit der Sonne umgeht.«
»So wie ich?«
»Meinst du jetzt damit, daß du es weißt oder daß du es nicht weißt?«
»Davon bekomme ich ja gleich wieder Kopfschmerzen.«
»Deine Stirn sieht aber schon viel besser aus.«
»Findest du, daß ich ein hübscher Junge bin?«
»Ich stehe jetzt besser auf.«
»Warte, so warte doch. Ich wünschte mir, ich könnte den ganzen Tag mit dir zusammensein und über alles reden, was es gibt auf der Welt. Das ist mein Ernst.«
Petra kam Alejos Stimme jetzt tiefer vor im Vergleich zu der ersten Zeit, als er zu ihnen gekommen war. Perfecto gab murmelnd eine Antwort auf eine Frage aus seinem Traum. Sie konnte nicht verstehen, was er flüsterte, und sie fragte sich, ob es wohl ein Alptraum war.
»Hast du irgend etwas geträumt?« hörte Petra Estrella fragen. Sie sah die Worte ihrer Tochter auf sich zukommen. Sie hätte schwören können, daß sie eine Ecke des

Lakens anhoben und gehorsam wie ein Spruchband auf sie zuflatterten. Sie liebte ihre Tochter sehr.

»Das fällt mir heute abend bestimmt wieder ein. Aber es war irgendwie merkwürdig, so, als ob ich gefallen wäre. Und du?«

»Ich habe nie Träume.«

»Jeder träumt, du erinnerst dich nur nicht daran.«

»Das stimmt nicht.«

»Ich möchte dich in den Armen halten.«

Petra hörte, wie zwei Körper sich bewegten. Schmiegte sich Estrella ebenso an Alejo, wie sie es bei Perfecto tat? Petra starrte auf das Laken. Wie hatte sie nur so blind sein können? Hatte sie denn gar nichts gelernt in ihren fünfunddreißig Jahren? War es das, worauf alles hinauslief? Sollte sie Alejo heilen, damit er Estrella nehmen konnte? Sie preßte ihre Hüften an Perfectos Gesäß, schob ihren Arm unter dem seinen hindurch und ließ ihn auf seinem breiten Bauch liegen. Sie hatte das Gefühl, nichts im Arm zu halten; sein Körper glich nur noch dem Schatten eines Mannes, der einst voll von prallem Leben gewesen war. Aber sie war überrascht von seinen kräftigen Rippen, auch wenn die Haut darüber lose und weich war. Sie legte ein Bein über seine Hüfte.

»In welcher Klasse bist du?«

»Ich weiß nicht.«

»Willst du denn ewig auf den Feldern arbeiten?«

Was für ein dummer Junge! dachte Petra und drückte ihre Nase an Perfectos Hals. Sie roch schwache Spuren von Dixies Pfirsichpomade, und der Duft verursachte ihr Übelkeit. Was hatte er für ein Recht, das zu fragen? Wenn

Estrella nicht arbeitete, gäbe es auch für ihn nichts zu essen.

»Was ist so falsch daran, das Gemüse zu ernten, das die Leute dann abends auf dem Tisch haben?«

»Aber willst du das denn ewig machen?«

Petra spürte, wie Perfecto ihre Hand mit seinen großen, pergamentenen Fingern berührte, und sie empfand diese Geste als sehr zärtlich. Liebe kam und ging, das wußte Petra. Aber es war die Loyalität, die sie zusammen auf dem Drahtseil hielt, wenn die Liebe vorbei war; die Loyalität war es, die sie davor bewahrte, den Abgrund unter ihren Füßen zu sehen – doch, sie hatte etwas gelernt in ihren fünfunddreißig Jahren. Hatte sie nicht gelernt, daß die Liebe zurückkehrte, wenn sie nur geduldig genug war? Einfach nur die Balance halten, auf Zehenspitzen über das Drahtseil laufen, einen Fuß oben, einen Fuß unten, und nicht hinuntersehen. Und warten. Sie spürte, wie Perfecto ihre Hand hielt, wenn auch nur für einen Augenblick, und sie dann wieder wegschob mit einer Geste, die nicht böse, nur bestimmt war.

»Ich möchte dich in den Armen halten«, hörte Petra den jungen Mann Alejo ihrer Tochter Estrella zuflüstern. Schließlich setzte sie sich auf, schob ihre Fäuste erst durch die Ärmel eines T-Shirts, dann durch die eines Pullovers. Ihre Füße schlüpften in ihre Gummisandalen. Dann zog sie einen Rock über ihren Nylonslip und mühte sich zweimal vergeblich ab, ihn in der Taille mit einer Sicherheitsnadel zu schließen, aber der Bund drückte zu fest auf ihren Bauch. Sie öffnete die Tür und trat hinaus in den Morgen; die Tür quietschte in den Angeln, und ein scharfer Wind blies ihr ins Gesicht. Als sie auf der Veranda stand, sickerte der graue Morgen durch die schwarzen Bäume, was sie an Papierschnitzel denken ließ, die durch die Luft flatterten. Sie seufzte und stieß tief die kühle Luft aus ihren Lungen. Jeden Morgen dasselbe Ritual, sie hielt nichts zurück. Aber der Tag schritt voran und legte sich wie ein drückender Gürtel über ihren Bauch. Petra zwang sich, die Stufen hinunterzugehen. Hatte sie denn gar nichts gelernt in ihren fünfunddreißig Jahren? Daß sie mit ihren beiden Händen nichts zurückhalten konnte, auch die Zeit nicht?

Als sie sich auf dem Ast zum Ausruhen niederließ, erblickte die Krähe den Kopf der Frau neben dem rauchenden Feuer. Der Wind zerrte an dem Ast unter ihren Krallen, und der Vogel ließ sich nach unten gleiten. Nicht weit weg von dem rauchenden Feuer pickte er mit dem Schnabel auf die feste Erde ein.
Drei Fingerspitzen Backpulver, eine Prise Salz (ein wenig Salz über die linke Schulter, das brachte Glück), ein paar Handvoll Mehl, Schweineschmalz und warmes Wasser aus der Kaffeekanne aus Aluminium. Kneten. Den weißen, in der Mitte eingedellten Teig unter einem Geschirrtuch etwas ziehen lassen. Wasser heiß machen. Den gemahlenen Kaffee in die Kanne geben. Die Kartoffeln mit den Zwiebelwürfeln und den Tomaten in dem Schmalz anbraten. Das Geschirrtuch entfernen, anfangen die Tortillas auszurollen.

Petra hielt inne und schaute dem Vogel nach, der sich mit weit ausgebreiteten Flügeln nach oben schraubte, einen Zweig im Schnabel. Der stechende Holzrauch brachte Petra wieder in die Wirklichkeit zurück, und sie nahm noch einen Klumpen Teig und begann ihn zu kneten, mit Mehl zu bestäuben und auf einem ovalen Holzbrett auszurollen. Sie tat dies mit einer ebenso großen Selbstverständlichkeit, mit der sie ohne Wecker morgens aufwachte und mit der sie etwas trank, wenn sie durstig war; manchmal sang sie leise dazu, manchmal gingen ihr auch viel zu viele Dinge gleichzeitig durch den Kopf.

Sie fing immer in der Mitte an, rollte von Norden nach Süden, drehte den Teig um, bestäubte ihn mit Mehl, trat einen Schritt vor, um die Tortilla, die bereits auf der runden Eisenplatte, dem *comal*, buk, herunterzunehmen, und kehrte wieder zu dem Fladen zurück; dann rollte sie von Ost nach West, bis die Tortilla vollkommen rund war, legte sie auf die Eisenplatte, nahm sich Teig, bestäubte ihn mit Mehl, trat einen Schritt vor, um die fertig gebackene Tortilla vom Blech zu nehmen und sie auf den Stapel zu den anderen zu legen. Dann die Kartoffeln auf die Mehltortillas löffeln, aber so, daß nichts herauslaufen konnte. Dann die Fladen oben, unten und zuletzt seitlich so zusammenklappen, daß der fertige Burrito eine perfekte Teigtasche bildete, die man anschließend fest in Folie einwickelte, als Proviant für die Mittagspause. Sie konnte diese Arbeit im Dunkeln verrichten, ob krank oder gesund, unter ein paar Bäumen, am Rand einer Straße, auf einer ausgehängten Tür, die als provisorischer Tisch diente, oder auch unter den Augen von Vögeln, die mit Zweigen in ihren Schnäbeln über sie hinwegflogen – ganz gleich, denn die Tortillas füllten ihren Kindern den Bauch und machten ihnen Hunger auf mehr.

Ihre älteste Tochter trat barfuß aus der Hütte, ihre Schuhe in der einen Hand, ihre Socken in der anderen, und stakste vorsichtig über die splittrigen Bodenbretter der Veranda. Wie groß sie innerhalb weniger Monate geworden war. Estrella würde bald vierzehn Jahre alt sein. Bald? Bald würde Estrella zu menstruieren beginnen, und Petra dachte bei dem Schein des Feuers, des gelblichrot glühenden Holzes und angesichts des Ausbleibens ihrer eigenen Menstruation an Blut. Wartete sie vielleicht auch?
Als sie in Estrellas Alter war, hatte Petra Angst vor vielen Dingen. Vor verwachsenen Rücken, Krebs, dem bösen Blick. Petra nahm eine Knoblauchzehe, zerstieß sie im Mörser und fügte aus Angst vor Zauberei gleich noch eine hinzu – man konnte nie wissen. Das erste Mal, als sie ihre eigene Unterwäsche blutig dunkelrot verfärbt sah, war sie felsenfest davon überzeugt, daß sie verbluten würde, da niemand ihr etwas erklärt hatte. Die Krähe flog mit einem neuen, noch längeren Zweig im Schnabel davon, und Petra beobachtete aufmerksam ihren Flug, bis sie zwischen den Eukalyptusbäumen verschwand. Wenn die Zeit gekommen war, dann war sie gekommen, und dann konnte nichts, nicht einmal Petras unverwandter Blick auf ihre älteste Tochter das verhindern, was

nicht zu verhindern war: daß Estrellas Herz in blutigen Klumpen auf den Boden fallen würde. Petra stieß noch fester auf den Knoblauch ein.

Estrella schlang ihre Schuhbänder über ihre Hosenbeine und band sie dort fest, während die Mutter eine Tortilla umdrehte. Gütiger Himmel, wie sehr wünschte sie sich, daß es regnen würde und sie heute nicht hinaus auf die Felder müßte. Die Mutter goß Kaffee in eine blaue Emailtasse, rührte drei gehäufte Teelöffel Zucker hinein, den sie in einer alten Yuban-Kaffeedose aufbewahrte, und blies, um ihn abzukühlen. Die Tortilla, die auf dem schwarzen, eisernen *comal* lag, das Krächzen der Krähen, die Mutter, die Zucker in den schwarzen Kaffee rührte. Dieser Morgen unterschied sich in nichts von den anderen. Was mußte man tun, um den Feldern zu entkommen? Ihre Hosen waren starr vor Schmutz und fühlten sich hart zwischen ihren Beinen an. Der Tag hatte noch gar nicht richtig begonnen, und schon war sie müde.
Perfecto Flores' Stiefel knarzten an ihr vorbei; er sagte kein Wort zu ihr, sondern ging gleich hinunter zur Mutter, die ihm seine Tasse Kaffee gab. Estrella wußte, daß er so lange nichts sagen würde, bis sie zustimmte, ihm beim Abriß der Scheune zu helfen. Sie rollte den Kopf hin und her, da ihr Nacken steif war, stand auf, streckte sich und kratzte sich in ihrer Handfläche. Morgen war Sonntag. Sie gähnte, sie wollte sich nicht von der Stelle rühren, aber der Duft der gebratenen Kartoffeln mit dem roten Chili und dem zerstoßenen Knoblauch, die auf

dem Rost vor sich hin köchelten, und das Aroma des Kaffees lockten sie an den Tisch, wo Perfecto geräuschvoll seinen Kaffee schlürfte. Er saß auf einer Obstkiste, eine Hand flach auf ein Knie gelegt; jedesmal, wenn er den heißen Kaffee an seine Lippen führte, beschlug der Dampf seine Brille.

»Du und Alejo, ihr seid wie zwei Vögel, die zuviel Lärm machen«, sagte die Mutter, während sie das Nudelholz hin und her rollen ließ. Estrella wußte, daß Perfecto wütend war, hätte aber nie damit gerechnet, daß auch ihre Mutter verärgert war.

»Er redet eben gern, Mama.«

»Und?« Das kam von Perfecto. »Kann ich mit dir rechnen?«

»Weswegen mit ihr rechnen?« fragte Petra.

»Was willst du von mir hören, Perfecto Flores?«

»¿Y tú, tú, qué quieres?« sagte die Mutter und deutete mit dem Nudelholz auf Estrella, ehe sie ihr den Rücken wieder zuwandte.

»¿Yo? Mama. No más comida. Es todo.« Estrella hielt plötzlich einen Becher mit Kaffee in der Hand und wußte gar nicht mehr, daß sie sich einen eingegossen hatte.

»Und was noch dazukommt ...« Die Mutter rollte weiter den Teig aus. »... was noch dazukommt, ist, daß es so immer anfängt.«

»Drehst du jetzt wieder durch, Petra, oder was?« entgegnete Perfecto und schüttete den Rest seines Kaffees auf den Boden, wo er sich wie ein fünffingriger schwarzer Klecks neben den Krähen ausbreitete. Aufgeschreckt klappten sie ihre Flügel auf, aber statt davonzufliegen, hüpften sie nur ein kleines Stück weiter und pickten dort auf dem Boden herum.

»Ist alles in Ordnung, Mama?«

»*Así comienza todo.*« Die Mutter drehte eine Tortilla um. So fängt das alles an. Sie verbrannte sich dabei einen Finger an der heißen Eisenplatte und schrie so laut auf, daß die Krähen schließlich doch ein paar Meter weiter weg flogen und den Tisch hinter sich ließen.

Petra führte Alejo auf die Veranda hinaus und setzte ihn vorsichtig auf eine Obstkiste. Sie war es so leid, ständig gegen Krankheiten anzukämpfen. Seine Wangen waren eingesunken, blaß, und sie stellte sich vor, daß die Sonne vielleicht wieder etwas Blut in seine Haut pumpen könnte. Er legte den Kopf zurück, verschnaufte kurz und schaute sie dabei auf eine Art und Weise an, die sie nicht mehr zu deuten wußte. Sie preßte ihm eine Pennymünze auf die Stirn, neben der Stelle, wo die Verletzung mittlerweile verheilt war, bis der Penny einen roten Ring auf seiner Haut hinterließ. Sie betrachtete prüfend die Farbe des Rings und steckte die Münze in ihre Tasche zurück. Manche Tage waren besser als andere, aber er war immer noch zu schwach zum Arbeiten, zu schwach, um sich auf den Beinen zu halten; und er wurde nur lebendig, spülte sich den Mund aus und rieb sich den Schleim aus den Augen, wenn Estrella in die Hütte zurückkehrte.

Die Zwillinge spielten nicht weit weg von der Veranda, wo sie einer Karawane roter Ameisen das Leben schwermachten und sie am Weiterziehen hinderten. Sie häuften

Erde auf die Ameisen und schauten begeistert zu, wie diese sich wieder aus dem Erdhaufen wühlten. Immer wieder schaufelten Perla und Cookie neue Erde, die sie wie Staub durch ihre Finger rieseln ließen, auf die Insekten und kicherten dabei.

Petra kehrte zum Tisch zurück, um Kaktusfeigen von den Stacheln zu befreien, die sie mit ihrem Fleischmesser auf eine flach ausgebreitete Papiertüte schabte. Wie lange konnten sie sich noch leisten, sich um ihn zu kümmern? Die klebrige Milch der Kaktusfrüchte ließ ihr das Wasser im Mund zusammenlaufen. Sie hatte alles versucht, um ihn gesund zu machen. Das Ei gegen die Übelkeit, das Glas Wasser hinter seinem Kopf gegen den Sonnenstich, dazu ein Heilelixier aus zerstoßenen *espigas de maíz*, Maisgrannen, und abgebrannten Schwefelhölzchen, die anschließend mit kochendem Wasser übergossen wurden. Aber manche Tage waren eben besser als andere.

Petra nahm sich nicht nur deswegen Alejos an, weil er einer der ihren war, sondern auch, weil sie eine Mutter war, die sich wünschte, daß sich auch jemand um ihre Kinder kümmerte, falls Estrella oder Ricky oder Arnulfo in den Feldern erkrankten. Und natürlich tat sie es auch um der Liebe Gottes willen. Aber das hier war mehr, als sie erwartet hatte, und es ging über ihre Kraft. Ihre Beine waren geschwollen von Krampfadern, die sie, Verwerfungen in der Erdkruste gleich, wie Erdbebenfalten durchzogen. Wenn sie an Perfectos anfängliche Weigerung dachte, fragte sie sich unwillkürlich, ob er mittlerweile wohl glaubte, daß sie versagt habe.

Speichel sammelte sich in ihrem Mund, und sie preßte

einen Zipfel ihrer Schürze auf ihre Lippen. Petra stolperte mit klickenden Sandalen an eine Seitenwand der Hütte, und Cookie und Perla blickten hoch. Sie stützte sich mit einer Hand an der Wand ab, würgte an ihrem Frühstück, das wie eine zähe Masse in ihr feststeckte, bis es explosionsartig in ihr hochschoß, ihr dabei die Kehle verbrannte und schließlich aus ihrem Mund heraussprudelte. Schlagartig war sie von Fliegen umschwirrt, und sie schaufelte etwas Erde über das Erbrochene. Sie würde beten heute abend und Senfkörner, Getreide und *cachana* als Weihrauch verbrennen. Sie hatte versagt, sie hatte die Prüfung nicht bestanden. Petra kehrte zu den Kaktusfeigen zurück. Es würde nichts nützen, wenn sie an einer Zitronenspalte lutschte, nichts konnte den bitteren Nachgeschmack in ihrem Mund auslöschen.

Estrella schlief jetzt bei ihr. Sie schliefen aneinandergeschmiegt wie zwei zum Gebet gefaltete Hände. Unter dem Dach der Hütte dachte Petra an die Limabohne in ihr, an die Frucht, die in der Dunkelheit ihres Leibes trieb und bei jedem Atemzug eine neue Wurzel in sie schlug. Würde das Kind ohne Mund geboren werden, würde das Gift der Felder sich auch in seinen winzigen Venen sammeln?

Und wieder wurde die Nacht zum Morgen, und Estrella wachte auf und zählte die Schläge ihres eigenen Herzens. Die Mutter schlief so dicht bei ihr, daß Estrella spüren konnte, wie sie die Luft in langen, warmen Strömen in sich aufsog, einer Katze gleich, die die Atemzüge eines Neugeborenen stiehlt.

»Perfecto, was sollen wir tun?« fragte Estrella. Sie goß Wasser in eine Schüssel, schöpfte mit der Hand wieder etwas heraus und benetzte damit den rechteckigen Kalkstein. Dann nahm sie ihr sichelförmig gebogenes Messer, drückte mit der Handfläche auf die stählerne Klinge und führte diese immer wieder über den Kalkstein, bis ihr Messer im Licht der Laterne scharf aufblitzte.
Perfecto drehte einen Eimer um, setzte sich neben die rauchende Feuerstelle und legte seinen nackten Fuß auf ein Knie. In dem stählernen Wasserkessel kochte eine Coca-Cola-Flasche, die wie ein Ei hin und her hüpfte. Mit einem Jagdmesser schabte Perfecto die trockene, weiße Hornhaut an seiner Ferse ab, bis darunter ein Furunkel zum Vorschein kam. Er schaute hoch und sah, wie Estrella die Schneide ihres Messers mit einem Geschirrtuch trockenrieb. Motten schwirrten um die Laterne.
»Es dauert drei Wochen, wenn wir zu zweit arbeiten«, entgegnete Perfecto und schob seine heruntergerutschte Brille mit dem Handrücken die Nase hinauf. Die Mutter betete im Haus und lag im Dunkeln auf den Knien, während die Kinder schliefen.
»Wir können auch die Dachbalken aus Zedernholz weiterverkaufen und das Geld behalten.«
In der Ferne, in dem Camp der Wanderarbeiter, loderte ein Lagerfeuer in der Dunkelheit auf und zerriß ihre Schwärze mit seinem Funkenflug. Sie schüttete das schmutzige Wasser aus, legte ihr Messer in den Korb zurück und drehte den Docht der Kerosinlampe herunter.
»Ist die Flasche soweit?« fragte er und rieb sich die Zehen.

Estrella hob die Laterne und hielt sie über die Feuergrube. Sie nickte, stellte die Lampe wieder ab, nahm zwei Lappen und packte den kochendheißen Topf, den sie zu Perfecto hinübertrug.
»Alejo muß zum Arzt«, sagte sie und hoffte, daß er sie richtig verstünde und den Tauschhandel akzeptierte.
»Ich dachte, deine Mama … Ich dachte, sie wäre diejenige«, erwiderte Perfecto bestürzt. Estrellas Gesicht hatte in dem Schein der Laterne eine merkwürdig gelbe Färbung angenommen.
»Geht es ihr denn schlechter, Perfecto?«
»Ich bin kein Doktor, und du bist auch keiner.«
»Er kann nicht mehr reden. Und dabei hat er doch so gerne geredet, begreifst du denn nicht, Perfecto?«
»Und deine Mama?«
»Wieso stellst du mich vor so eine Wahl?«
»Weil es darauf hinausläuft.«
»Sie weiß es.«
»Sie weiß was? Gib mir die Zange«, sagte Perfecto mit Autorität in der Stimme. Wieder schob er seine Brille hoch. Sie reichte ihm die Zange mit den langen Griffen, die in seiner Hand zitterten, als er damit die Flasche aus dem Topf holte und das restliche Wasser darin ausgoß. Dann hielt er sie kurz zum Trocknen über das Feuer.
»Wir brauchen das Geld. Wir müssen die Scheune abreißen, ehe der Aufseher den Job einem anderen gibt«, sagte Estrella.
Perfecto wickelte einen Lappen um den Boden der dickglasigen Flasche, die jetzt sterilisiert war und deren Öffnung er nun auf den Furunkel drückte.

»Puta madre«, stöhnte er, als wären diese beiden Worte eine Zauberformel gegen Schmerzen. Er zuckte zusammen, als der Furunkel aufging und sich weißer, grüner und mit Blut vermischter Eiter explosionsartig in die Flasche ergoß.

»Du hättest das Mama machen lassen sollen.«

»Ich bin alt genug«, erwiderte er und zuckte wieder zusammen. »Ich kann mich um mich selbst kümmern.«

Mit demselben Lappen, mit dem sie den Topf vom Feuer genommen hatte, tupfte Estrella die zarte Haut von Perfectos Fußsohlen ab. Er warf die Flasche ins Feuer, wo das Holz Funken schlug, die Asche wirbelnd in die Luft stieg und sich die Flasche sofort mit schwarzem Ruß verfärbte.

»Puta madre.« Der Reifen drehte sich unaufhörlich in dem Schlamm. Perfecto stand hinten am Heck des Kombis und sah sich die Bescherung an. Sie waren unterwegs zu der Klinik, mit einem Auspufftopf, der auf der ungepflasterten Straße immer lauter und heftiger zu vibrieren anfing. Eine Wasserleitung war geborsten, hatte sich über die Straße ergossen und einen Teil davon in ein Schlammloch verwandelt, das Perfecto erst bemerkte, als ein Hinterreifen des Kombis wegsackte und tief in dem schokoladenbraunen Schlamm versank. Er gab Petra mit dem Finger ein Zeichen, Gas zu geben, ging in die Hocke und schaute sich den durchdrehenden Reifen an. *»¡Puta madre!«*

»¿Y qué ganas hablando así?« rief ihm Petra durch das Fenster auf der Fahrerseite zu. Erneut trat sie das Gaspe-

dal bis zum Anschlag durch. Der Reifen war bis zur Achse im Schlamm begraben und drehte sich wie eine Tretmühle. Eine Tür des Kombis nach der anderen ging auf, und bis auf Alejo stiegen alle aus. Er lag hinten im Wagen auf einem abgetretenen Teppich, in eine Baumwolldecke eingewickelt, direkt auf dem Fach mit den Werkzeugen und dem Reserverad. Das war alles schon mal passiert. Daß der Reifen im Schlamm oder im Sand festsaß, war nicht neu.

Mit Ausnahme der Zwillinge, die neben der Straße standen, schoben alle an der zerbeulten Chromstoßstange des Kombis. *Uno, dos, tres.* Petra jagte den Motor hoch. *Uno, dos, tres.* Als sich der Kombi nicht von der Stelle rührte, machten sich die Kinder an die Arbeit: die Jungen sammelten Steine, die Mädchen Zweige und Äste. Perfecto öffnete die Hecktür des Wagens. Er wollte Alejo nicht stören, der kaum den Kopf heben konnte. Aber um an den Spaten zu kommen, mußte er Alejos Füße auf die Seite schieben, damit er die Klappe zu dem darunterliegenden Fach aufmachen konnte, wo eine zerknitterte Papiertüte hinter dem rot angestrichenen Wagenheber und einer Brechstange lag. Um an diese heranzukommen, mußte er Alejos schwielige und verschwitzte Füße anheben. Die Art, wie Alejos große Zehen vom Tragen schlechtsitzender Schuhe nach innen gewachsen waren, gefiel ihm gar nicht.

Er nahm die Tüte heraus, klappte den Deckel wieder auf das Fach und schob Alejos Füße wieder in ihre ursprüngliche Lage zurück. In der Tüte waren Starterkabel, eine Taschenlampe, Drahtrollen zum Reparieren des Auspufftopfs, eine Rolle Toilettenpapier, Schraubenzieher, ein kleiner Hammer und eine Gartenschaufel. Er nahm die Schaufel, knüllte nervös die Tüte zusammen und schlug mit ungewohnter Wucht die Wagentür zu.

Perfecto machte sich daran, rund um den Reifen mit der Schaufel ein Loch zu graben; der Schweiß ließ seine Brille über die Nase rutschen, und er zitterte, so sehr hatte ihn das Schieben des Wagens angestrengt.

»Perfecto Flores«, sagte Estrella und tippte ihm vorsichtig auf den Strohhut, »laß mich das machen. Geh du ans Steuer.« Ohne Widerspruch überließ er ihr die Schaufel, lehnte sich an die Motorhaube und rang nach Atem. Petra wollte ihm den Kragen seines Hemds aufknöpfen, aber er schob ihre Hand von seinem Hals weg.

Der Schlamm reichte ihr bis zu den Waden, und sie hatte das Gefühl, selbst keinen festen Boden mehr unter den Füßen zu haben. Estrella bearbeitete den schlammigen Untergrund um den Reifen so lange mit der Schaufel, bis das Loch tief genug war, um mit Steinen ausgelegt zu werden. Sie mußte dabei an das junge Mädchen denken, von dem Alejo ihr erzählt hatte, das Mädchen, das man in den Teergruben von La Brea gefunden hatte. Man fand nur noch einige wenige Knochen von ihr. Von ihrem Leben blieb nichts, nicht die kleinste Kleinigkeit übrig: kein Fetzen Stoff, kein Ring, keine Puppe. Nur ein paar kleine Knochenstücke, die irgendwo unter einem Glassturz ausgestellt wurden, sonst nichts.

Estrellas Schuhe waren völlig schlammbedeckt. Sie legte die Steine nebeneinander, wie sie es bei Perfecto gesehen hatte, einem Kopfsteinpflaster ähnlich, brach dann die

Zweige in der Mitte durch und schichtete sie auf die unterschiedlich großen Steine, damit der Reifen genügend Reibung hatte, um den Wagen herauszuziehen. Es dauerte eine ganze Stunde, bis sie damit fertig war. Ihre Hände waren mit angetrocknetem grauem Schlamm überzogen, und obwohl es nicht sehr klug war, wischte sie sie erst an ihrem Kleid ab und klopfte dann den losen Schmutz von dem Stoff. Schließlich gab Estrella das Zeichen, und Perfecto jagte den Motor hoch.

Sie standen neben der Straße und warteten. Perfecto drückte aufs Gas, und der Reifen drehte sich. Arnulfo hielt die Daumen. Die Zwillinge hielten sich die Ohren zu. Alejo hob den Kopf und spähte durch die schlammbespritzte Heckscheibe hinaus, während Petra die Luft anhielt, da die schwarzen Auspuffgase ihr Übelkeit verursachten. Aber der Reifen drehte sich nur noch tiefer in das Loch und ließ die Äste und Zweige nach allen Seiten davonspritzen, während alle hilflos beobachteten, wie er sich drehte und drehte, ohne sich auch nur einen Zentimeter vorwärts zu bewegen.

4

Der weiße Wohnwagen ragte wie ein teilweise verscharrter Knochen in der Mitte des verlassenen Grundstücks auf. Die kompakten rechteckigen Schiebefenster, die auf den Highway blickten, waren mit Silberfolie beklebt, die die Sonne abhalten sollte. Über der Veranda spannte sich eine kleine Markise auf zwei hohlen Stangen, die in alten, mit Zement ausgegossenen Kaffeedosen steckten. Perfecto bog in die kiesbedeckte Einfahrt ein. Der Kies knirschte und spritzte nach rechts und links weg, der Auspufftopf zitterte, und Estrella beugte sich über den Sitz nach vorne und steckte den Kopf zwischen ihre Mutter und Perfecto Flores; sie sah, daß der Anzeiger der Benzinuhr im roten Bereich war und daß Perfecto die Anzeige ein paarmal mit dem Fingernagel anstupste, um sicherzugehen, daß der Zeiger nicht festhing. Perfecto parkte zwischen einem orange-weißen Rettungswagen, dessen rostiges Fahrgestell auf Ziegelsteinen aufgebockt war, und einem schwarzen Rambler mit einem weißen Verdeck. Dem Rettungswagen fehlten alle Reifen, und Estrella lehnte sich nachdenklich wieder zurück.

Der Kombi vibrierte noch lange nach, selbst nachdem Perfecto den Motor ausgeschaltet hatte. Reglos blieb er vor dem weißen Wohnwagen sitzen, als ob der Schlamm, der Reifen, Alejo und Petra jegliche Kraft aus seinem Herzen gezogen hätten und sich seine müden Knochen nichts weiter wünschten, als einen Augenblick lang einfach nur ganz ruhig hinter dem Steuer zu sitzen. Er rieb sich die Augen hinter seinen Brillengläsern und wartete, daß irgend jemand irgend etwas tun würde. Er hatte seinen Teil erledigt. Er hatte sie hierher gebracht. Die Temperatur in dem Wagen fing sofort unerträglich zu steigen an.

»*¿Amá?*« fragte Estrella. Aber die Mutter saß reglos und stumm da, Perfectos Strohhut auf ihrem Schoß festhaltend. Estrella öffnete die Tür, und die anderen folgten ihr.

Sie hatten fast den ganzen Nachmittag auf der Straße festgesessen, das Loch immer tiefer gegraben und die Steine immer wieder aufs neue hineingelegt, um endlich den Kombi aus dem Schlamm zu bekommen. Am späten Nachmittag war der Schlamm schließlich etwas angetrocknet, und dichter Straßenstaub wirbelte neben ihnen hoch, als eine Wagenladung Wanderarbeiter in einem blauen Pickup ins Camp zurückkehrte. Die Männer, die an den Seitenbrettern lehnten, wurden im Rhythmus des fahrenden Wagens durchgerüttelt. Die Zwillinge winkten und riefen, und die *piscadores* sprangen von dem Pickup, um ihnen zu helfen. Der Fahrer stellte sich an die hintere Stoßstange des Kombis, während sich ein paar der Männer wie Sargträger zu beiden Seiten des Wagens aufbauten. Sie warfen kurz einen Blick auf Alejo unter seiner Decke, einer klopfte mit seinen zerschrammten Knöcheln sogar an die Scheibe, aber kaum hatten sie ihn gesehen, wandten sie schon wieder ihre Augen ab und stemmten ihre Stiefel in den Boden, fest entschlossen, keinen weiteren Blick mehr zu riskieren. *Uno, dos, tres* – und alle zusammen schieben.

Am späten Nachmittag war der Wagen zu ihrer Erleichterung wieder frei. Perfecto schüttelte allen die Hand. Mit der einen Hand übermittelte er ihnen seine Dankbarkeit, während er ihnen mit der anderen auf die Schultern klopfte, daß der Staub aufwirbelte und die Männer lächelten. Petra bekreuzigte sich vor Dankbarkeit und sagte immer wieder ihren Spruch wie ein Gebet auf.

Und das alles, um schließlich vor einem Haufen Aluminiumfolie und einem Rettungswagen ohne Reifen zu stehen.

Perfecto rüttelte an den Stangen, die die Markise trugen. Der Zement war locker, und eine Stange wackelte.

Die ambulante Klinik roch nach einem starken Desinfektionsmittel und einem defekten Abfluß. Vor dem Eingang standen drei Klappstühle aus Stoff. Estrella half Alejo zu einem der Stühle, der unter seinem Gewicht kaum merklich nachgab. Außer dem Summen eines Ventilators war nichts zu hören. Die Mutter meinte, daß wohl niemand da und daß die Klinik vielleicht geschlossen sei, aber Estrella erwiderte, daß schließlich der Ventilator liefe, daß die Tür nicht abgesperrt sei, und Perfecto stimmte ihnen beiden zu. Über dem Klappstuhl hing ein Plakat mit zwei ausgelassen tollenden Kätzchen. Alejo lehnte seinen Kopf gegen das Wollknäuel, mit dem die jungen Katzen spielten, und schloß die Augen.

Es war wirklich niemand da, nur der Ventilator in der Ecke drehte sich unaufhörlich von rechts nach links und wieder zurück und blies sein Dreieck aus Luft in den

Raum. Über einem der Fenster hinter einem Schreibtisch sah man eine Stange, an der ein gelber Vorhang schlaff herunterhing, der sich immer nur dann kurz bewegte, wenn ihn der Luftstrom des Ventilators traf. Ricky spähte schnell hinter den Vorhang, als der Ventilator gerade in die andere Ecke blies, aber gleich darauf einen warmen Luftstrom in seine Richtung schickte.
Perfecto strich mit der Hand über die Holzverkleidung der Wand, auf der Suche nach einem losen Brett oder anderen Anzeichen der Reparaturbedürftigkeit in diesem Raum, damit er seine Dienste gegen die ihren eintauschen konnte. Er erkannte instinktiv alle Schwachstellen und stellte sich in diesem Fall sofort einen neuen Anstrich mit Schellack vor, während er seine große Hand über die absplitternde Holzmaserung gleiten ließ. Außerdem stank es nach einem verstopften Abfluß. Wahrscheinlich mußte eine Toilette gerichtet werden, und das war bestimmt noch nicht alles.
Neben dem Schreibtisch standen mehrere hüfthohe Regale aus Spanplatten, die die Zwillinge sofort in Augenschein nahmen. Sie stellten sich auf die Zehenspitzen, um besser darüber hinwegschauen zu können. Da war eine ganze Reihe von Gläsern, unter anderem mit jenen flachen Stäbchen, mit denen man während einer Untersuchung die Zunge nach unten drückt und die sie an die Holzstiele in den Eislollies erinnerten, dann Packungen mit Mullbinden und Wattebäusche auf dünnen Holzstecken, die wie die Beine von Ballettänzern aussahen, die in fleischfarbenen Nylons und weißen Schuhen steckten; es gab auch noch verschiedene Thermometer in

Glasröhren und ein großes Glas voller Wattebäusche. Cookie nahm einen Gummihammer, der auf einem silbernen Tablett lag, was Perla sofort petzte.
Die Wattebäusche in dem Glas sahen in Petras Augen viel zu weiß aus, wie unechte Baumwolle. Neben dem Schreibtisch fiel ihr eine Waage auf, die sehr der ähnelte, mit der die frisch gepflückte Baumwolle gewogen wurde. Die Waage erinnerte sie daran, wie sie die Baumwolle immer naß gemacht oder handgroße Steine in ihrem Sack versteckt hatte, damit die Waage zu ihren Gunsten ausschlug, wenn die Arbeit eines Tages abgewogen wurde. Die Waage sagte ihr voraus, was sie zu essen haben würde; die Tatsache, daß ihre Arbeit gemessen wurde und daß sie, um überhaupt essen zu können, betrügen mußte, das alles erweckte eine schreckliche Wut in ihr gegen jede Art von Waagen, auch gegen diese hier.
Perfecto setzte seine Brille ab; erst jetzt fiel sein Blick auf sein Gesicht, das sich in dem silbernen Handtuchspender spiegelte, und er stellte fest, wie schmutzig er war, da die weißen Flecken um seine Augen ihn aussehen ließen, als trüge er noch eine Schutzbrille. Er zog ein Handtuch heraus, hielt es unter den Wasserhahn und wischte sich damit über das Gesicht. Dann rieb er sich über seine Augen, die tränten, und setzte die Brille wieder auf, um sich besser sehen zu können. Alt war er, so alt.
Da hörten sie das Klirren von Schlüsseln.
Eine junge Frau tauchte plötzlich auf, in der Hand ihre Tasche und ihre Wagenschlüssel. Sie wirkte überrascht und nicht gerade erfreut. Sie hatte sich ihre roten Lippen

frisch geschminkt, und die dicke Wolke ihres nach Nelken riechenden Parfüms erweckte in Estrella den Verdacht, daß sie vielleicht die ganze Zeit über in dem Wohnwagen, im Bad, gewesen war. Die Frau schaute auf ihre Times-Armbanduhr.

»Um was geht es?«

»Er ist sehr krank.« Estrella deutete auf Alejo. In dem Moment wurde sie sich ihres eigenen Erscheinungsbildes bewußt. Ein schmutziges Gesicht, schlammverkrustete Fingernägel, verdreckte Tennisschuhe und braune, wie verschütteter Kaffee aussehende Flecken auf ihrem Kleid, dort, wo sie sich die Hände abgewischt hatte. Die weiße Uniform der Schwester, ihr roter Lippenstift und der Duft nach Nelken brachten ihr den Kontrast noch stärker zu Bewußtsein. Es erstaunte Estrella immer wieder, daß manche Menschen einfach nie zu schwitzen schienen, während andere wie sie literweise Schweiß verströmten.

»Manche Leute haben eben Glück«, meinte die Schwester ironisch und ging zu ihrem Schreibtisch. Sie schaute wieder auf die Uhr und überlegte kurz. Dann nahm sie ihren Schlüsselbund, sperrte die unterste Schublade auf, legte ihre Handtasche hinein, schob die Schublade wieder zu und öffnete eine weiter oben. Dieser entnahm sie ein Stethoskop und steckte es in die Tasche ihres Kittels. Schließlich setzte sie sich auf einen quietschenden Stuhl und holte ein frisches Blatt Papier aus einem Fach. Neben den Photos zweier lächelnder kleiner Jungen stand eine Bleistiftbox, aus der sie einen Stift nahm.

»Er ist nach seinem Großvater väterlicherseits benannt worden.«
»Ja, aber seinen Familiennamen brauche ich.«
»Hidalgo, wie in Hidalgo County, Texas«, log Estrella.
»Ist er ein Verwandter?«
»¿Qué dice?« fragte Petra. Ihr kam diese ganze Geschichte mit der Klinik wie ein ziemlicher Betrug vor. Sie fühlte sich unbehaglich und wünschte sich, sie würde ihren Schurz mit den aufgedruckten Enten und den großen Taschen tragen, in denen sie ihre Hände verstecken konnte.
»Sie will wissen, ob er mit uns verwandt ist. Ich denke, wir sollten ja sagen.«
»Claro«, erwiderte die Mutter. »Sag ihr, daß er mein Neffe ist.«
»Er ist ihr Neffe.«
»Und dann ist das hier wohl der Großvater.«
»Er ist ihr Mann«, log Estrella ein zweites Mal.
»Wie lange ist dieser Alex denn schon krank?«
»Ein paar Monate.«
»Immer wenn ich denke, sehr viel heißer kann es eigentlich nicht mehr werden ...« Die Schwester nahm das Blatt Papier, auf dem sie ihre Notizen gemacht hatte, und fächerte sich damit Luft zu. Die Mutter stellte Estrella flüsternd eine Frage.
»Wieviel wird der Arzt kosten?« fragte Estrella.
»Das kommt ganz darauf an, was er macht.« Die Schwester blätterte die Seiten in dem Terminkalender mit den silberfarbenen Ringen in der Mitte um und überprüfte die Daten. »Dr. Martinez kommt erst nächste Woche

wieder. Aber jetzt schauen wir uns den Jungen doch erst mal an. Könnte er sich vielleicht auf die Waage stellen? Kannst du ihn bitten, daß er sich auf die Waage stellt?«

»Er hat mal den Vorlesewettbewerb von Hidalgo County gewonnen. Er versteht Englisch.«

Petra stellte sich vor, daß Alejo Steine in den Taschen hatte. Er schleppte seine Füße über den Boden, als ob das wenige Fleisch auf seinen Knochen viel zu schwer für ihn wäre, und Petra konnte die Vorstellung nicht mehr loswerden, daß er – wie die Baumwollsäcke – überall mit Steinen vollgestopft war: in den Knochen, den Augen, im Bauch, in den Taschen – überall waren Steine.

Estrella half Alejo. Irgend etwas an dieser Sache gefiel ihr ganz und gar nicht, aber sie hatte keine Zeit zum Nachdenken und kam nicht dahinter, was es war. Alejos Arm hing um ihren Hals, und sie mußte ihn fast bis zu der Waage tragen. Sie stolperte und ging noch langsamer. Am liebsten hätte sie geweint; sie spürte einen Schmerz in ihrer Brust wie vor wenigen Stunden, als sie so sorgfältig das Loch mit Steinen ausgelegt, so hart gearbeitet hatte. Aber der Reifen weigerte sich, Alejos Körper weigerte sich, und sie wünschte sich, sie würde keine solchen Gedanken wie im Augenblick haben: Gott war böse und kümmerte sich nicht um sie, so daß sie sich allein durchs Leben schlagen mußte. Sie drückte Alejo an ihren Körper, spürte seinen heißen Atem an ihrer Wange, und seine Rippen zitterten wie kahle Äste in einer Winternacht. Sie wünschte sich nichts sehnlicher, als sich in einem tiefen, dunklen, ruhigen Loch zu verkriechen und sich dort auszuheulen, so wie in der Scheune. Das stand ihr einfach zu. Sie verdiente es. Danach würden die Dinge wieder besser werden, da sie schlechter nicht mehr werden konnten.

Die Schwester schob die Gewichte an der Waage hin und her, notierte die Zahlen auf ihrem Papier, deutete mit dem Stift auf den Untersuchungstisch und steckte sich den Bleistift hinters Ohr. Dann half sie Estrella mit Alejo, während Perfecto und Petra nervös von jenseits einer imaginären Linie zuschauten, da sie in die Routine einer medizinischen Untersuchung nicht eingreifen wollten.

Das Papier zerknitterte, als Alejo sich auf den Untersuchungstisch legte. Estrella wollte nicht, daß er sich wie eine Scheibe Rindfleisch auf einem Stück Wachspapier fühlte, und streichelte ihm mit dem Handrücken über die Wange. Er brachte sogar ein kleines Lächeln zustande, bis die Schwester sie verscheuchte und Estrella sich neben die Wand stellte, wo das Gerät zum Blutdruckmessen stand.

»Wieso habt ihr ihn nicht schon eher gebracht?« fragte die Schwester, als sie den Klettverschluß an seinem Arm befestigte. »Spricht der Mann deiner Mama Englisch?« Die Frage brachte Estrella völlig aus der Fassung, und sie wußte nichts zu erwidern.

»Nein, tut er nicht«, flüsterte Alejo. Seine Stimme klang schrill und brüchig wie getrockneter Schlamm. Plötzlich krümmte er sich, als ob ihn jemand in den Magen geboxt hätte, und umfaßte seinen Leib mit beiden Armen.

»In dem Fall sollten sich doch besser wieder alle auf die Stühle setzen, bis auf dieses Mädchen hier.«

»Ich will nicht, daß sie mich so sieht.« Alejo wollte allein gelassen werden, aber Estrella blieb, wo sie war.

Estrella beobachtete, wie die Quecksilbersäule in dem Barometer hochstieg; die metallisch schimmernde Flüssigkeit war wunderschön, wie ein Mond, der auf einem Geysir tanzte, wie ein umgekehrt fließender Wasserfall. Das Quecksilber stieg an, sank, stieg ein zweites und schließlich ein drittes Mal an, bis es in eine kleine Ausbuchtung am unteren Teil des Meßgeräts zurückfloß. Pulsierend. Metallisch und flüssig. Fest und diffus. Die Schwester nahm die Stöpsel ihres Stethoskops aus den Ohren und kritzelte etwas auf das Papier.

Petra gefiel es gar nicht, daß die Schwester so viel herummachte und aufschrieb. Sie hatte den Nelkengeruch bereits vor dem Auftauchen der Schwester wahrgenommen, und er war ihr zuwider; sie mußte sich zusammenreißen, um nicht in den glänzenden Abfalleimer zu kotzen. Die Schwester sollte eigentlich wissen, daß man in Gegenwart schwangerer Frauen keine so aggressiven Duftnoten wie Nelken trug. Auch die vielen Dinge auf ihrem Schreibtisch deuteten darauf hin, daß nichts an ihr echt war: die Bilder ihrer lächelnden Jungen – (Für wen hielten sie sich, daß sie so herausfordernd in die Kamera grinsten?); die Porzellanfigur einer scheckigen Katze mit einem kleinen Stethoskop um den Hals und einer kleinen weißen Kappe mit einem roten Kreuz zwischen ihren aufmerksam gespitzten kleinen Ohren; der Stapel mit den braunen Umschlägen, die so merkwürdig wirr und unordentlich auf dem Schreibtisch lagen. Außerdem war ihr Lippenstift zu rot und ihr Parfüm zu intensiv, und sie stellte zu viele Fragen; sie war zu sauber und zu weiß, so wie die unechte Baumwolle. Andere Leute konnte sie vielleicht täuschen, aber nicht sie. Sie sollte den jungen Mann nur so weit wieder gesund machen, daß er nach Edinburg zurückkehren konnte. Mehr nicht. Als sie sah, wie Estrella Alejos Wange berührte, machte sie sich zum ersten Mal wegen ansteckender Krankheiten Sorgen.

»Keine Angst, sie steht hinter dem Vorhang, sie leistet uns nur etwas Gesellschaft.« Estrella hörte, wie der Klettverschluß der Blutdruckmanschette entfernt wurde, hörte das Scheppern der Duschvorhangringe, als die Schwester den Vorhang zwischen sie und Alejo zog.

»Wieviel wird das alles kosten?« fragte Petra und spuckte in den Abfalleimer, aber keiner gab ihr eine Antwort.

»Ich denke, der Junge hat Ruhr. Aber ich bin kein Doktor, und ich habe kein Labor für irgendwelche Proben. Sie müssen ihn unbedingt in das großen Krankenhaus in Corazón bringen. Er weist bereits alle Anzeichen von Austrocknung auf.«

»¿Qué dice del corazón?« fragte die Mutter.

»Gütiger Gott«, sagte Estrella. » Wir müssen ihn in das Krankenhaus nach Corazón bringen.«

»¿Esta loca la enfermera?«

»*Amá,* Alejo ist kränker, als wir dachten.«

»Wir sind nicht für ihn verantwortlich.« Das kam von Perfecto Flores.

»Es la verdad. Su primo Gumencindo lo puede llevar al hospital. Vámanos, Perfecto.»

»Du weißt doch, daß Gumencindo schon zurückgefahren ist.« Die Mutter zuckte die Schultern. »Ich kann nicht glauben, was du sagst, Mama.«
»*Piénsalo, hija.* Hat er Papiere? Was ist, wenn ihn das Krankenhaus meldet?«
»Er ist in Texas geboren. Seine Großmutter kam dort zur Welt, und auch ihre Großmutter. Sie gehören hierher, Mama.«
»Hat er Geld? Hast du Geld? Wer soll das bezahlen?«
»Perfecto Flores, was sollen wir tun?«
Perfecto kratzte sich seinen kahlen Schädel. Wieso hatte er seinen Hut nicht auf? Verdammt, er konnte sich nicht einmal daran erinnern, ob er ihn im Auto oder zu Hause gelassen hatte.
»Wird Alejo sterben?« fragte Perla.
»Halt den Mund.«
»Ricky, bring die Zwillinge rüber in den Schatten. Sofort.«
»Aber ...«
»Hast du deine Mutter gehört, oder willst du unbedingt was hinten drauf?«
»Wieso kann Arnulfo nicht die Zwillinge nehmen?«
»Wieso fragen wir Alejo nicht, was er will.« Estrella kaute auf ihrer Nagelhaut herum.
»Ich weiß, was er will.«
»Du hast mir dein Wort gegeben, Perfecto.«
»Puta madre. ¿Dónde está Corazón?«

Der Ventilator schien gegen die Hitze kaum etwas ausrichten zu können, die sich in dem Wohnwagen staute.

Alejos Hemd war aufgeknöpft, und von seinem Nabel wuchs eine dünne gerade Linie aus schwarzen Haaren bis hoch zu seiner Brust. Estrella sah seine Brustwarzen, die sie an zwei Pennymünzen denken ließen, und sein Körper hatte Farben, die ihr nie zuvor aufgefallen waren. Sein Bauch war weiß wie Maismehl, unter seiner Zunge erstreckte sich ein Netz aus bläulichen Adern, die Ohren schienen aus Gold, die Halbmonde seiner Fingernägel schimmerten bleich, und seine Handflächen glänzten wie das Morgenlicht. Seine Hand, die sie gerade hielt, hatte den bräunlichen Ton eines *piloncillo.* Aber so leicht, wie sie seine verschwitzte Hand in der ihren halten konnte, so leicht konnte Estrella leider nicht verhindern, daß sein Leben sich verflüchtigte. Die Schwester kehrte an ihren Schreibtisch zurück, setzte sich und schrieb etwas auf einen braunen Umschlag; dann blickte sie kurz auf, um die gerahmten Bilder ihrer lächelnden Söhne neu zu arrangieren, als ob jemand die ursprüngliche Ordnung durcheinandergebracht hätte.

»Der Besuch hier in der ambulanten Klinik kostet fünfzehn Dollar, aber ich werde euch nur zehn berechnen, da …« Sie hielt inne, warf einen kurzen Blick auf Estrella und fuhr fort: »… da ich weiß, wie hart die Zeiten sind.« Dann holte sie ihre schwarze Lackledertasche wieder aus der untersten Schublade und stellte sie neben dem Telefon auf den Schreibtisch. Estrella starrte die Schwester lange an. Wie leicht sie sich zur Richterin aufspielte.

Estrella hob beide Hände und spreizte alle Finger ab, damit Perfecto sehen konnte, was sie zu zahlen hatten. Auch Petra sah sie, und die Geste ihrer Tochter ließ sie an die Menschen denken, die sich der Polizei oder der Grenzpatrouille ergaben; auch sie hoben die Hände in die Höhe, wenn sie sahen, wie die Pistolen auf ihre Bäuche wie auf Zielscheiben zielten. Petra war empört.

»*¡Diez dólares! ¿Y por qué diez? No más para decir que está enfermera el joven. Por gratis yo le digo las misma cosa. ¡Qué racketa!*«

Perfecto zog seine abgetragene Geldbörse aus der Gesäßtasche seiner Hose. Das Portemonnaie hatte sich der Form seiner Hüften angepaßt, hatte abgerundete Ecken, war dünn und enthielt einen abgelaufenen Führerschein, seine Arbeitserlaubnis, das Photo eines Kindes einer Bekannten, an die er sich nicht mehr erinnern konnte, und ein paar Papierfetzen – Empfangsbestätigungen für Zahlungen oder Mahnungen an Geld, das er noch schuldete. Er holte einen Fünf-Dollar-Schein heraus, und dann noch drei einzelne. Und das war es dann. Ein tiefer dunkler Abgrund klaffte zwischen den leeren Falten der Brieftasche. Er schaute sicherheitshalber noch einmal nach und warf Estrella einen ratlosen Blick zu. Schließlich durchwühlte er seine Taschen nach Münzen und zählte das Kleingeld. Alles in allem, mit dem Kleingeld und den Scheinen, kam er auf neun Dollar und sieben Cent. Perfecto bat Estrella, die Schwester zu fragen, ob die Toilette repariert werden müsse. Er würde sie wieder herrichten, dazu die Wand abschleifen und ihren Anstrich erneuern, als Gegenleistung für ihre Dienste.

»Er will wissen«, fing Estrella an und deutete mit dem Daumen über die Schulter auf Perfecto. »Er will wissen,

ob er Ihnen vielleicht die Toilette reparieren darf. Er ist sehr gut«, fügte sie hinzu. »Er heißt nämlich deswegen Perfecto, weil ...«
»Macht euch keine Sorgen.« Die Schwester winkte ab, sperrte eine kleine Geldkassette auf und nahm einen Quittungsblock heraus. »Auf ein paar Pennies mehr oder weniger kommt es nicht an.«
»Das ist aber alles, was wir haben ...«
»Die Toilette muß nicht repariert werden. Das liegt nur an der Hitze.«
»Sag es ihr.«
»Er meint ...«
»Die Stangen.«
»Die Stangen draußen ...«
»Müssen neu einzementiert werden.«
»Die Stangen draußen müssen neu einzementiert werden. Kann er das vielleicht machen, statt mit Geld zu bezahlen?«
»Ich bin hier nur angestellt. Es tut mir wirklich leid«, erwiderte die Schwester. »Aber das kann ich wirklich nicht entscheiden.«
Estrella erklärte Perfecto, der immer noch zögerte, sich von dem Geld zu trennen, was die Schwester geantwortet hatte. Am Ende gab er es ihr; er schichtete die Münzen oben auf die dünnen lappigen Geldscheine, als ob diese ein Floß wären. Estrella reichte das Geld an die Schwester weiter, die ein Blatt purpurrotes Kohlepapier zwischen zwei Seiten des Quittungsblocks legte, fest aufdrückte und den Namen falsch schrieb.
Als sie damit fertig war, trennte sie die Pennies von den

Zehncentstücken und den Fünfcentstücken, zählte das Geld nach und steckte die Scheine und die Münzen in die entsprechenden Fächer der kleinen Geldkassette; das Klappern der Münzen hörte sich an, als würden ungekochte Pintobohnen in einen Kochtopf fallen. Die Schwester schloß die Kassette, sperrte sie ab, stellte sie in die oberste Schublade zurück und reichte Estrella die Quittung, die sie an Perfecto weitergab, der nur einen kurzen Blick darauf warf und sie in die Brieftasche schob, wo kurz zuvor noch das Geld gewesen war; die Mutter stand da und verschränkte die Arme vor der Brust.

»Du wirst nur noch kränker, wenn du nicht ins Krankenhaus kommst. Du mußt dich entscheiden«, flüsterte Estrella Alejo zu, während sie ihm half, sein Hemd anzuziehen wie eine Mutter, die ihr Kind gegen die Kälte schützen will.
»Bring mich nach Hause«, erwiderte Alejo schwach. Seine Zunge hatte einen weißen Belag und war geschwollen, und sein heißer Atem auf ihrem Gesicht roch säuerlich.
»Wohin denn?«
»Nach Hause.« Alejo schloß die Augen.
»Jetzt komm, Alejo, bitte tu mir das nicht an. Was meinst du denn?«
»Kleine, du mußt schon verstehen. Aber ich muß meine Kinder um sechs in Daisyfield abholen.« Die Schwester schaute ungeduldig ein drittes Mal auf ihre Uhr und spielte mit den vielen Schlüsseln in ihrer Hand.
»Wie weit weg ist das Krankenhaus?«

»Nur einen Katzensprung. Ungefähr zwanzig Meilen, auf der 281 Ost. Ausfahrt Corazón.« Die Schwester deutete in die Richtung.

»Perfecto könnte das hohe Unkraut vor der Tür ausreißen, vielleicht sogar ein paar Setzlinge pflanzen. Was meinen Sie?« Estrella fielen die beiden Jungen mit ihrem gerahmten Lächeln wieder ein. »Vielleicht kann ich ja auf Ihre Kinder aufpassen? Jetzt kommen Sie ...«

»Ich muß jetzt aber wirklich absperren.«

»Und wir müssen auch gehen ...« Estrella sah sich suchend in dem Raum um. Sie wußte, daß sie nicht weg konnten, sie wußte aber auch, daß sich die Schwester stur stellte. In einem Moment wie diesem hätte sie alles getan, auch Perfecto und die Mutter ebenfalls. Aber sie konnten gar nicht weg, nicht mit dem Auto. Sie hatten kein Geld mehr, bis auf das, was Perfecto ihr überlassen hatte, um es für etwas auszugeben, das sie bereits wußten, wie ihre Mutter sagte, und was ihr höchst unfair erschien.

Estrella überlegte einen Moment, während sich sie Hitze an ihr in Schweiß verwandelte und zwischen ihren Brüsten hinabströmte, als die Schwester den Ventilator in dem Wohnwagen ausschaltete. Sie versuchte nachzudenken, sie versuchte sich vorzustellen, wie sie wieder draußen auf der Straße wären, mit einem leeren Benzintank, einer leeren Brieftasche und mit Alejo, der zu krank zum Laufen war. Nachdenklich betrachtete sie Perfectos müdes Gesicht. Der Schweiß, die Erde und die stechende Sonne gruben die Furchen immer tiefer in sein Gesicht ein. War die Panik, die sie verspürte, dieselbe, die auch ihre Mutter durchmachte? Dieses Mal klappte es nicht mit dem Tauschhandel. Wenn sich die Schwester doch nur darauf einließe. Estrella war klar, daß sie Alejo nicht bis nach Hause schaffen konnte, aber das Krankenhaus war nur zwanzig Meilen entfernt. Ein schlichtes Nicken, und alle könnten wieder etwas aufatmen. Wenn Gott ihnen doch nur eine Hilfe wäre.

Estrella betrachtete das verärgerte Gesicht ihrer Mutter; auf wen oder auf was sie so wütend war – sie wußte es nicht. Sie verlangten ja keine Almosen, bettelten nicht um Geld. Sie starrte auf Alejos Stirn. Von seinem Sturz war nichts weiter übriggeblieben als eine etwas dunklere Narbe. Sie würden ja alle arbeiten, auch die Jungen, wenn sie müßten, um für die Untersuchung zu zahlen, um Benzin zu kaufen. Alejo war krank, und die neun Dollar waren ihr Benzingeld.

Sie mußte wieder an die Teergruben denken. Geld für Energie, die versteinerten Knochen für Treibstoff. Wie aus Knochen Öl und aus Öl Treibstoff wurde. Das Öl wurde aus ihren Knochen gewonnen, und es waren ihre Knochen, die den Wagen der Krankenschwester nicht auf irgendeinem Highway stotternd stehenbleiben ließen, sondern sie weiter nach Daisyfield schickten, damit sie dort um sechs Uhr ihre Jungen abholen konnte. Es waren ihre Knochen, die die Aircondition in den Autos zum Summen brachte und die sie auf der langen, getupften Linie auf der Straßenkarte weiterfahren ließen. Ihre Knochen. Wieso sah die Schwester das denn nicht ein? Für Estrella war es sonnenklar: Die Schwester schuldete *ihnen* ebensoviel, wie sie ihr schuldeten.

»Vielleicht …«, fing Estrella wieder an, aber dieses Mal blickte die Schwester gar nicht mehr hoch, während sie den Aktendeckel ablegte.

Estrella ging zur Tür hinaus und zum Wagen. Sie wußte noch nicht, was sie vorhatte, aber irgend etwas mußte sie tun, um das Geld für das Benzin zurückzubekommen, damit sie Alejo ins Krankenhaus fahren konnten. Die Türen des Wagens waren nicht abgeschlossen; die Zwillinge, Ricky und Arnulfo spielten im Schatten einer Eiche und legten Kreise mit den Kieselsteinen, die sie zuvor gesammelt hatten. Sie blickten nur einen Moment hoch, als Estrella die hintere Tür öffnete, die Klappe zu dem Fach mit dem Reservereifen hochhob, die Brechstange packte, die schwer und eiskalt neben dem roten Wagenheber lag, und damit in die ambulante Klinik zurückkehrte. Perfecto kam ihr bereits mit Alejo entgegen, die Mutter war hinter ihm, aber alle blieben abrupt stehen, als sie näher kam. Sie traten zur Seite, um Estrella vorbeizulassen, machten dann auf dem Absatz kehrt und folgten ihr wieder zurück. Perfecto setzte Alejo noch rasch auf einen der leeren Stühle.

Als sie wieder in den Wohnwagen zurückkam, war der Ventilator schon länger ausgeschaltet, und die Luft stand dick wie warmer Dung im Raum und preßte sich an ihren Körper. Es gab kein Zurück mehr. Estrella ging bis zum Schreibtisch, die Brechstange fest mit beiden Fäusten umschließend.

»Geben Sie uns unser Geld zurück.« Sogar ihr Herz schwitzte. Sie fühlte, wie sich der Schweiß in einer Pfütze am Boden sammelte und feucht durch die Sohlen ihrer

Füße drang. Als die Schwester hochschaute, stellte Estrella zum ersten Mal fest, wie perfekt ihr Lippenstift aufgetragen war.

»Was redest du da?« Die Schwester hatte mittlerweile ihre schwarze Lackledertasche genommen und drückte sie fest an ihre Brust.

»Geben Sie uns unser Geld zurück.«

»Wie bitte?«

Perfecto trat einen Schritt vor, um ihr die Brechstange aus der Hand zu nehmen, aber Petra hielt ihn zurück.

»Ich werde als erstes diese Fenster hier einschlagen und dann die ganzen Glasbehälter, wenn Sie uns nicht unser Geld zurückgeben.«

»Jetzt hör mir aber mal zu!«

Estrella ließ die Brechstange auf den Schreibtisch sausen, wo sie die Schulphotos der beiden Kinder der Schwester zermalmte, die Bleistifte auf den Boden schleuderte und die Porzellankatze mit dem Schwesternhäubchen in Stücke schlug. Die Schwester ließ ihre Tasche fallen und hielt schützend beide Hände vors Gesicht. Estrella wartete. Die Schwester fing zu weinen an, rührte sich aber nicht. Estrella warf die Aktendeckel herunter, die sich wie Spielkarten über den Boden ergossen. Ein runder Plastikdeckel fiel ebenfalls zu Boden und drehte sich. Estrella streckte die Hand aus, mit der Handfläche nach oben. Zögernd machte die Schwester einen Schritt nach vorne und holte die Blechkassette aus der obersten Schublade des Schreibtisches. Sie probierte drei verschiedene Schlüssel aus, ehe einer in das winzige Schloß paßte, sperrte auf, kippte alle Münzen und Dollarscheine auf den Schreibtisch und trat schnell wieder zurück. Estrella zählte genau neun Dollar und sieben Cent ab. Dann ließ sie die Brechstange sinken und zeigte der Schwester, was sie genommen hatte. Sie bekam kaum mehr Luft und hatte das Gefühl, daß nicht sie es war, die das Geld in der Hand hielt: sie kam sich vor wie zwei Estrellas. Die eine war ein stiller, verhuschter Schatten, der gehorsam mit einem Stock einen Kreis um die Hütte zog, wie die Mutter es von ihr verlangte, während die andere in der einen Hand ein Brecheisen und in der anderen das Geld hielt, das sich naß und häßlich und verschwitzt wie der Sumpf zwischen ihren Beinen anfühlte.

»Sie hätten Perfecto besser die Toilette richten lassen«, flüsterte sie. In dem Moment bemerkte Estrella erst, daß die Schwester schluchzend die Hände vors Gesicht geschlagen hatte und daß ihr Lippenstift völlig verschmiert war, als ob sie versucht hätte, ihren Mund wegzuwischen. Sie sah, wie die Schwester vor ihr zitterte.

Perfecto pumpte Benzin in den Tank, nahm den Schlauch heraus und hängte ihn an die Zapfsäule zurück. Er gab dem alten Mann, der Blähungen hatte, eine zusammengeknüllte Fünf-Dollar-Note. Als er wieder hinter dem Steuer saß, klopfte er mit dem Fingernagel gegen die Benzinanzeige, und der Zeiger bewegte sich träge nach oben, bis er einen viertelvollen Tank anzeigte. Dann verließen sie die Tankstelle. Die Zwillinge schauten durch das Fenster zurück auf die orangegelbe Reklametafel, die zusammen mit der Sonne immer kleiner wurde. Am Rückspiegel baumelte der Rosenkranz. Estrella schaute vom Rücksitz aus durch die Windschutzscheibe auf die Straße. Vor der geschwungenen Motorhaube führten fluoreszierende Pfeile hinunter ins Tal, und neben ihnen breiteten sich endlose Reihen von Weinstöcken aus wie ein bemalter Papierfächer neben dem anderen. Am Straßenrand zogen langsam ein paar *piscadores* dahin, die Schultern gekrümmt vom Gewicht der Dämmerung; bald waren sie nur noch bunte Farbtupfer, die sie schnell hinter sich ließen.

»Hast du ihr weh getan?« murmelte Alejo und wiederholte seine Frage, da Estrella sie beim ersten Mal nicht verstanden hatte. Er versuchte den Kopf zu heben und fuhr sich mit der Zunge über seine rissigen Lippen, um sich den Mund zu befeuchten. Seine Oberlippe blutete. Der Auspufftopf schrammte über den Asphalt, als sie über eine Schwelle zur Geschwindigkeitsbegrenzung auf der Straße holperten, und der Schlag hallte tausendfach in seinem Kopf und hinter seinen Augen wider. Es dauerte ein paar Sekunden, ehe der Schmerz nachließ. Er räusperte sich. Estrella wischte sanft mit ihrem Taschentuch über seine fiebrige Stirn. »Ich muß das wissen.«

»Sie machen doch, daß du so wirst«, seufzte sie schließlich voller Resignation. Sie versuchte selbst, zu verstehen, was geschehen war. »Man redet und redet auf sie ein, und sie ignorieren dich nur. Aber dann nimmst du eine Brechstange in die Hand und zerschlägst die Bilder ihrer Kinder, und ganz plötzlich hören sie dir aufmerksam zu.«

»Hast du ihr weh getan?«

»Gütiger Himmel, was denkst du?« Ihr Ärger flammte von neuem auf.

»Ist das jetzt so wichtig?«

»Weswegen?« flüsterte er.

»Weswegen?« fragte Estrella. »Weswegen? Wegen neun Dollar und sieben Cent!« Alejo verstand ihren Sarkasmus nicht. Er schien überhaupt nichts zu verstehen.

»Mach es ihnen nicht zu leicht.« Die Fieberanfälle hatten ihn völlig ausgelaugt. Ständig fror und zitterte er. Estrella strich ihm weiterhin mit ihrem Taschentuch über die Stirn, aber er nahm vorsichtig ihre Hand und hielt sie fest. Seine Augen wurden feucht und glasig. »Ich bin es nicht wert, Star. Nicht ich.«

»Wie kannst du nur so etwas sagen«, entgegnete sie und entwand ihre Hand seinen kalten Fingern.

Estrella schaute wieder hinaus auf die Täler und die Gipfel der Berge, auf die sie zufuhren. Dabei mußte sie an die kleinen spitzen Paprikaschoten denken. Es war seltsam, daß ihr der Gedanke ausgerechnet jetzt kam. Ein Windstoß fuhr durch das Fenster, und die frische Luft, die sie einatmete, weckte ihre Lebensgeister.

Sie dachte an den Kramerladen auf jener Ranch. In welcher Stadt, das wußte sie nicht mehr, auch nicht, wem die Ranch gehört hatte; sie konnte sich nur noch daran erinnern, daß die glänzend roten, grünen und gelben Paprikaschoten wie verschiedenfarbige Granitschichten zu kleinen, handlichen Pyramiden aufgehäuft waren. Die Farben waren so atemberaubend, daß man einfach stehenbleiben und sich die Frage stellen mußte, wieso um alles auf der Welt irgend jemand auf die Idee kommen könnte, aus einem so nichtssagenden Gegenstand wie einer Paprikaschote ein so bezauberndes Mosaik zu errichten. Estrella wollte ihre Mutter darauf aufmerksam machen, ihr sagen: »Mama, schau dir das mal an«, aber da kam eine Frau in den Laden und brachte die Spitze der Pyramide zum Einsturz, indem sie die oberste rote Paprikaschote, die glänzte wie eine junge Liebe, einfach herunternahm. So einfach war es, diese ganze Arbeit zu zerstören, so wie man einer Büchse, die auf der Straße lag, mit dem Fuß einen Tritt versetzte.

»Es ist dumm von dir, so etwas zu sagen«, wiederholte Estrella; sie schaffte es nicht, die Enttäuschung in ihrer Stimme zu verbergen. Aber sie verzieh ihm, da er krank war. »Mach *du* es den *anderen* nicht so einfach.«

»Nein, nein, nein.« Und er driftete wieder weg, die Augen fest geschlossen. »Siehst du denn nicht? Sie wollen doch, daß wir so werden!« Nichts, was er sagte, konnte das wieder ungeschehen machen, was bereits geschehen war. Nichts konnte das Bild auslöschen: Estrella, die die Brechstange schwang und dabei silberne Funken entzündete, die wie Schrapnelle in seinem Kopf umherflogen.

»Siehst du denn nicht, daß sie dir dein Herz stehlen wollen?« flüsterte sie.

Der Kombi summte der Stadt Corazón entgegen. In Estrellas Augen übertraf nichts die Schönheit der roten Paprikaschote – nicht einmal aller Glamour von Elvis oder das himmlische Aussehen der heiligen Jungfrau.

»Sie ruft besser nicht die Polizei«, sagte Petra drohend. »Jedenfalls, wenn sie weiß, was gut für sie ist.« Sie rieb sich die Stirn und schloß die Augen, als wollte sie damit das Hämmern in ihrem Kopf zum Stillstand bringen. »Sie macht uns besser keinen Ärger.«

»Wir fangen morgen an, die Scheune abzureißen, in Ordnung, Perfecto?« fragte Estrella und deckte Alejo zu.

»Ja«, erwiderte Perfecto. Die Telefonmasten huschten verschwommen an ihnen vorbei, als sie das lange Stück Highway entlangfuhren. Er konnte das Vibrieren des Motors ganz deutlich durch die steifen Ledersohlen seiner Schuhe spüren, und er spürte auch die Hitze und den Kampf eines Wagens, der sein Letztes gab. Er schaute in den Rückspiegel und sah, daß es allmählich dunkel wurde; er sah auch, wie Estrella mit Alejo sprach. Sie hatte einen Ellbogen über den Rücksitz gelegt und redete auf ihn ein. Perfecto sah, wie ihre Lippen Worte formten, wie sie ihre Stirn runzelte, konnte aber nicht verstehen, was sie zueinander sagten, da zur gleichen Zeit Petra mit ihm sprach.

»Die Scheune?« Petra hob die Stimme, als sie Perfecto diese Frage stellte.

»Wir brauchen das Geld.«

»Vielleicht können wir mal an einem Ort bleiben«, fügte Ricky hinzu und kuschelte sich müde in den Arm seiner Mutter, die ihm über sein verschwitztes Haar strich.

»Vielleicht, *mi'jo.* Was sagst du dazu, Perfecto?« fragte Petra.

»Wie du meinst.« Er log sie an und haßte sich selbst dafür. Die trüben Scheinwerfer schossen in östlicher Richtung

auf die Ausfahrt 281 zu, verließen den Highway und kamen an eine Ampel. Perfecto folgte dem Schild »Krankenhaus«, immer die Hauptstraße hinunter. Die Geschäfte waren mit Rollgittern gesichert, und die Straßenlampen spendeten nur mattes Licht. Ein paar Autos waren auf dem Parkplatz von Pick 'n Save abgestellt, und ein Mann mit einem Gürtel aus Plastiktüten um die Hüfte schob eine Schubkarre voller zerdrückter Aluminiumdosen vor sich her und überquerte damit direkt vor ihnen die Straße. Aus der entgegengesetzten Richtung kam ein Wagen auf sie zugefahren, und eine Minute lang dachte Perfecto, daß es die Highway-Patrouille sei, aber als der Wagen vorbeifuhr, war es nur ein Chevy mit einer verbeulten Tür, und Perfecto hielt weiter Ausschau nach Schildern, die zu dem Stadtkrankenhaus von Corazón führten. Die Zwillinge, die vorher geschlafen hatten, waren nun hellwach und hatten Probleme, stillzusitzen. Sie hauchten die Scheiben an und zeichneten mit den Fingern Gesichter darauf.
Sie erreichten den Parkplatz, als es gerade richtig dunkel wurde; Perfecto ließ den Motor im Stand laufen. Die Scheinwerfer waren schon ganz schwach, und er befürchtete, daß die Batterie ihren Geist aufgeben könnte, so daß er es nicht wagte, den Motor abzustellen.
»Laß ihn hier.«
»Ich soll ihn einfach hierlassen?«
»Sie kümmern sich schon um ihn, glaub mir.«
»Ihn einfach hierlassen?«
»Vertrau mir.«
»Danke.«

»Was?«

»Ich danke dir. Perfecto Flores«, wiederholte sie und öffnete die Tür. Estrella legte sich Alejos Arm über die Schultern. Perfecto blieb hinter dem Steuer sitzen und spürte das warme Summen des Motors unter seinen Füßen. Er hatte diesem Land alles gegeben, und in diesem Land, das sich auf seine Kosten an ihm bereicherte und ihm in den dreißig Jahren, die er hier lebte und arbeitete, nicht ein einziges Mal gedankt hatte, in diesem Land hatte diese junge Frau, die seine Enkeltochter sein könnte, nun diese Worte mit so ehrlicher Dankbarkeit ausgesprochen, daß er betroffen war, wie tief sie ihn berührten.

»Beeil dich.«

Estrella trat aus den Glastüren des Krankenhauses und wußte nicht so recht, wohin mit der Leere in ihren Händen. Die Zwillinge sahen sie durch das Heckfenster dastehen, allein, ohne Alejo. Als Estrella bemerkte, daß ihre Schwestern zu ihr herschauten, warf sie ihnen ein kleines Lächeln durch die Scheibe zu. Dann hob sie die Arme, streckte die Hände in die Höhe und spreizte die Finger, und die Zwillinge sahen, wie sie einen Schritt nach vorne machte und wie sich die Glastüren vor ihr teilten, als ob sie ihrem Befehl gehorchten. Perla drehte sich zu Cookie, und Cookie drehte sich zu Perla um. Estrella teilte die Türen wie ein Meer aus Glas und ging einfach durch sie hindurch, und das Glas schloß sich wieder hinter ihr, und eine Weile konnten sie gar nicht glauben, was sie da sahen. Als Estrella wieder auf dem

Rücksitz des Kombis saß, kämpften die Zwillinge darum, neben ihr sitzen zu dürfen; die Mutter schimpfte sie, und Estrella rückte in die Mitte, wo sich die Zwillinge in ihre Armbeugen kuschelten. Bald waren sie wieder auf der Hauptstraße, und die Zwillinge verfielen in ein tröstliches Schweigen; sie wurden beschützt und gewärmt und staunten, daß ihre große Schwester die Macht und die Magie in Händen hatte, Glas in der Mitte zu teilen.

5

Die Scheinwerfer schwenkten über den Tisch, der noch so aussah, wie sie ihn am Morgen verlassen hatten: Der kalte Kaffee stand immer noch in den angeschlagenen Emailbechern, der Stapel Teller war noch mit Eigelb verschmiert. Der Wasserkessel lag auf dem Rost, sein rußgeschwärzter Boden zeigte nach oben. Der Wagen machte einen Satz nach vorne und blieb stehen. Über den Gipfeln der Eukalyptusbäume schoben sich immer wieder Wolken vor das Mondlicht und ließen ihre Gesichter wie Scherenschnitte erscheinen. Perfecto stellte den Motor ab, die Scheinwerfer erloschen, und noch lange stöhnte und seufzte der Wagen, bis er endlich verstummte. Sie blieben im Dunkeln sitzen, bis die Wolken vorübergezogen waren und das Mondlicht wieder zum Vorschein kam.

Die Kinder schliefen, während sich die Mutter müde zur Hütte schleppte. An der untersten Stufe zur Verandatreppe blieb sie stehen, um sich am Fußrücken zu kratzen, dann öffnete sie die Tür und ging hinein. Drinnen zündete sie die Laterne an, und der gelbliche Schein der Flamme ergoß sich über ihre Hände, die die Decken ausschüttelten und die Spinnen verjagten, die sich bis in die verlassensten Winkel verkrochen hatten. Die Mutter zertrat ein Insekt und schob es mit ihrer Sandale über den Rand der Veranda. Dann winkte sie Estrella, die Perla auf den Arm nahm und in die Hütte trug, während

Perfecto Arnulfo trug, da ihm Ricky mittlerweile zu schwer war; der wurde von der Mutter getragen, ob zu schwer oder nicht. Estrella ging zurück, um Cookie zu holen, und die Mutter machte sich auf die Suche nach dem Stock.

Perfecto knallte die Türen des Kombis eine nach der anderen zu und starrte dabei zu Petra hinüber. Sie trug ihr schwarzes, widerspenstiges Haar offen, das sich wie Putzwolle im Nacken kringelte, als sie den Stock in den Boden rammte und den ovalen Kreis um die Hütte nachzog. Sie hieb mit solcher Kraft auf die trockene, festgetretene Erde ein, daß das Kratzen des Stockes bis zu ihm herüberdrang.

Jetzt war nicht die Zeit für Worte; er mußte nachdenken. Er war erleichtert, als sie den Kreis beendet hatte und ins Haus zurückgekehrt war, so daß er sich an die heiße Motorhaube lehnen konnte. Er spürte, wie die Wärme in seinen Rücken drang, verschränkte die Arme vor der Brust, klemmte beide Hände unter die Achseln und dachte nach.

Estrella sah Perfecto vom Fenster der Hütte aus am Wagen stehen; über ihm hing pockennarbig die runde Scheibe des vollen Mondes.

Hätte Perfecto eine Zigarette gehabt, so hätte er sie geraucht und den Tabak gierig wie eine Droge inhaliert, die potent genug war, die in der Luft liegende Panik zu dämpfen. Es würde kein Morgen geben, das wußte er. Er war sicher, daß die Schwester die Polizei gerufen hatte. Sie suchten mittlerweile bestimmt schon alle Wanderarbeitercamps ab. Eine Zigarette war alles, wonach er sich sehnte, nur eine, aber das einzige, was er in der Tasche hatte, waren Krümel und Fusseln und eine halbe Rolle Pfefferminz und die Quittung, die ihnen die Schwester für ihre geleisteten Dienste gegeben hatte. Ohne in seiner Brieftasche nachzuschauen, rechnete er kurz im Kopf nach. Als der Tag angefangen hatte, hatte er neun Dollar und sieben Cent in der Tasche gehabt. Für fünf Dollar hatte er einen viertelvollen Tank bekommen; aber ob die verbliebenen vier Dollar und sieben Cent als Kaution ausreichen würden oder nicht, das konnte er nicht sagen.

Was war nur aus seinen Instinkten geworden? Wenn er bis zum Hals in Treibsand steckte und zu versinken drohte, würde er dann nicht versuchen, sich zu retten? Steckte ein Pfeil in seinem Leib, würde er ihn nicht herausziehen wollen? Wieso hatte Gott ihm seine Instinkte geschenkt, wenn er sie nicht einsetzen sollte? Gott, dachte er, wie müde er war. Er wollte sich ausruhen, sich hinlegen und niemals wieder aufstehen; er schlug die Hände vors Gesicht.

Sie dachte, er würde weinen.

Er rieb sich die Augen unter seinen Brillengläsern und verschränkte wieder die Arme. Er wußte, daß Petra es ihm heute nacht sagen würde. Hielt er sich denn wirklich für fünfzig Jahre jünger, um eine neue Familie zu gründen? Was für ein dummer und alter Mann er doch geworden war. Schluß damit. Hör auf zu greinen wie ein *mocoso,* wie ein kleines Kind. Auch wenn die Linsen in seiner Brille so dick wie Sodaflaschen waren, so war er doch nicht blind. Er wußte Bescheid. Aber alles Wissen reichte nicht aus, daß er sich von dem Leben auf der Straße hätte befreien können.

Die Mutter stand auf der Veranda und schaute zu Perfecto hinüber, eine Hand fest zur Faust geballt.

Perfecto versetzte ein paar Kieselsteinen mit der Schuhspitze einen Tritt. Die Maden krochen wieder aus der Erde, aber er hatte keine Kraft mehr, seinen Stiefel zu heben und sie zu töten. Jetzt überleg doch mal. Die Schwester war nicht verletzt worden, vergiß das nicht. Sie hatten sich nur das genommen, was ihnen gehörte. Wenn sie wirklich die Behörden alarmiert hätte, hätte man sie mittlerweile bestimmt schon aufs Polizeirevier gebracht. Ganz bestimmt. Mit Sicherheit sogar.

Er blickte hinauf zu der Scheibe des Mondes, die rund wie eine Vierteldollarmünze war und glänzte wie ein neues Zehncentstück. Vielleicht war alles gar nicht so schlimm, wie es aussah. Vielleicht hatte die Schwester einfach ihre blutroten Lippen nachgezogen und war gerade noch rechtzeitig weggekommen, um ihre Söhne abzuholen, die wahrscheinlich jetzt in diesem Augenblick in ihren Betten lagen und schliefen. Vielleicht rührte die Schwester gerade etwas Milch in ihren entkoffeinierten Kaffee, wobei der Löffel gegen die Tasse schlug, während ihr Mann sich die Spätnachrichten anschaute. »Du wirst nicht glauben, was heute passiert ist …« sagte sie wahrscheinlich zu ihm, während er auf der Couch lag; denn so stellte sich Perfecto es sich vor, wie es bei Menschen zuging, die Sofas hatten und Wohnzimmer und Fernsehapparate und die sogar noch am Abend Kaffee tranken.

Perfecto wollte am liebsten sein Werkzeug, ein, zwei Decken und ein paar Pfirsiche einladen. Er wußte nicht, ob es Liebe war oder nur die Angst, die ihn zurückhielt. Er verschränkte die Arme fester vor der Brust und schob seine Hände tiefer unter die Achselhöhlen, so daß sie sich ohne seine Erlaubnis nicht bewegen konnten und nicht anfingen, einzupacken, ehe seine Entscheidung endgültig war. Er konnte nicht auf die Scheune, das Geld und auf morgen warten. Wenn er gleich jetzt verschwand und den schmerzenden Pfeil aus seinem Leib zog, dann hätte er eine zweite Chance. Mit vier Dollar in der Tasche, einer Kiste mit Werkzeugen, kaum Benzin im Tank und diesem alten Kombi, dessen Batterie jeden Moment ihren Geist aufgeben konnte, konnte er es sich nicht leisten, zu warten.

Denk nach, denk nach, denk nach, Perfecto, du *cabeza de burro chingado.* Der Wagen war abgekühlt und wärmte seinen Rücken nicht mehr; er spürte, wie er Gänsehaut bekam. Er hatte das Rauchen aufgegeben, in einem anderen Leben, als sein Haar noch voll und schwarz war und als seine Kinder in ihm noch einen Mann sahen, der die Welt aus den Angeln heben konnte, wenn er wollte. Er schaute hinunter auf die hin und her zuckenden Maden. Perfecto war froh, den Tabak aufgegeben zu haben. Sonst hätte er dummerweise seine letzten paar Dollar für eine Schachtel Zigaretten ausgegeben, so groß, so überwältigend war sein Verlangen.

Die Bodenbretter knarzten, als sie mit dem Gewicht der Kinder auf den Armen auf sie traten. Das Stöhnen ihrer schlaffen Körper, das wohltuende Gefühl, im Liegen und mit staubigen Decken unter dem Kinn zu schlafen und keine verschlammten Schuhe mehr an den Füßen zu haben. Rickys Knöchel waren rot, weil er keine Socken getragen hatte, Cookies Zehennägel mußten geschnitten werden. Das leise summende Geräusch von Kindern, die friedlich schliefen.

Wie lange würde es dauern, bis sie kämen und die Kinder aus den Betten zerrten? Die Hunde von den Leinen ließen? Die Behörden würden kommen, wie sie es schon seit Jahren taten, und ihre Herzen nach außen stülpen wie leere Taschen. Wie lange? Die ganze Autofahrt zurück zur Hütte hatte sie sich selbst gefragt, weshalb sie nicht versucht hatte, Estrella zurückzuhalten, oder warum sie es nicht zugelassen hatte, daß Perfecto sie davon abhielt. Es lief schlicht auf das eine hinaus: Man hätte Estrella nicht aufhalten, die Umstände ausnützen oder den Willen ihres Körpers unterdrücken können. Wie viele Male hatte ihre eigene Mutter sie gewarnt, sie angefleht, sich nicht mit einem Mann wie Estrellas richtigem Vater einzulassen?

Petra sah, wie Perfecto eine Autotür nach der anderen zuschlug. Eine. Sie stieg die Veranda hinunter, als sie den Stock an der Kochgrube lehnen sah, und packte ihn wie eine Waffe. Sie konnte Estrellas Spuren auf der Erde kaum mehr sehen. Zwei. An mehreren Stellen war der Kreis durchbrochen; Fußspuren hatten Lücken darin hinterlassen. Keine Warnung der Welt hatte sie aufhalten können. Drei. Die Skorpione waren bekannt dafür, daß sie Raubtiere waren, die methodisch vorgingen, und so kratzte sie den Ring mit einer solchen Heftigkeit in den Boden, bis er mindestens fünf Zentimeter tief in die Erde reichte. Vier. Als sie mit Estrella, ihrem ersten Kind, schwanger war, hatte ihre eigene Mutter sie mit einem Kuß auf die Stirn gesegnet und dann die Tür so endgültig hinter ihr geschlossen, daß sie sich bis heute nicht mehr geöffnet hatte.

Perfecto hatte ihr den Rücken zugewandt. Er lehnte an der Motorhaube des Wagens, und sie wünschte sich, seine Augen zu sehen. Vertrau mir, hatte Perfecto zu ihr gesagt, aber das einzige Vertrauen, das sie noch hatte, war das in *Jesucristo.* Sie strich sich ihr rabenschwarzes Haar aus dem Gesicht. Als sie die Stufen zur Veranda hinaufstieg, ließ sie den Stock aus ihren Fingern gleiten und zu Boden fallen. Sie würde ein Opfer bringen.

Petra hatte überall auf ihrem Körper Augen gespürt. Die Astknoten der Holzwand starrten sie an, als sie ihren Kindern die Schuhe auszog. Dann waren es die Augen von *Jesucristo* aus gelblichem Stein, die ihr folgten, als sie vor der Statue niederkniete und die Kerzen mit einem Streichholzbriefchen anzündete, das sie immer unter dem Altar aufbewahrte. Die Figur, die in einen blauen Umhang gehüllt war und mit dem bloßen Fuß eine grüne Schlange zertrat, stand auf der etwas erhöhten mittleren Obstkiste der heiligen Dreifaltigkeit. Er hielt seine abnehmbaren Hände ausgestreckt, um die roten Wundmale seiner Kreuzigung vorzuzeigen, und seine beiden Augen, die von einem Halbmond aus sieben Kerzen umgeben waren, starrten sie durch die Flammen hindurch an. Rauch stieg in die Höhe und schwärzte die Decke über den Kerzen. Hinter dem himmelblauen Laken nieste jemand.

Es hatte keinen Sinn. Sie strich das gehäkelte Spitzendeckchen glatt, unter dem der Umschlag lag und das sich deswegen wellte. Petras Großmutter hatte das Zierdeckchen gehäkelt und ihr geschenkt. Es war etwas so Besonderes für sie, daß Petra nur die Figur von *Jesucristo* darauf stellte. Mit den Fingerspitzen folgte sie dem Diamantenmuster aus gehäkelten Fäden, als würde sie das Gesicht eines Kindes streicheln, seinen Kieferknochen, das Kinn, so, als spendete ihr die Berührung des Zierdeckchens Trost.

Die Frauen hatten untereinander getuschelt, *las mujeres de la familia,* hatten sich das Maul über die Großmutter zerrissen, was für eine nervöse *viejita* sie doch sei. Ein neugieriger kleiner Spatz von einer Frau war sie gewesen, mit scharfen, funkelnden Augen, schneidend wie Eis. Neben der Lampe zu sitzen und zu häkeln war das einzige, das ihre Nerven beruhigte. Als Petras Vater erkrankte, verging kein Tag, an dem sie nicht häkelte, bis Petras Vater starb; und auch danach verging kein Tag ohne Häkeln, bis die Großmutter alle ihre Empfindungen und Ängste in perfekte kleine Diamanten verwandelt hatte. Welche Gedanken waren ihr dabei wohl durch den Kopf gegangen, während sie häkelte, welche Gebete waren verwoben in den Schlingen und Schlaufen und Schleifen? Und was hatte Petra von den zitternden Fingern gelernt, die mit so unendlicher Geduld den feinen Faden in die Öse der Häkelnadel schoben und diese hin und her bewegten, bis die Handarbeit so fein gesponnen und wetterfest wie ein Spinnennetz war? Wenn Petra doch nur häkeln könnte, wenn sie doch nur spüren könnte, wie der Faden durch ihre Finger glitt, wie einst ihre Großmutter, dann hätte sie vielleicht jetzt nicht das Gefühl, daß ihre eigenen Gebete sich über ihrem Kopf in Ruß verwandelten.

Unter dem Zierdeckchen aus Häkelspitze lag der Umschlag mit ihren Dokumenten. Sie zog den Umschlag vorsichtig hervor und kippte den Inhalt auf ihre Handfläche. Schwarze Tintenfüße auf den Geburtsurkunden, fünf perfekte runde Zehen an jedem Fuß, eine topographische Beurkundung ihrer Kinder – amtlich bestätigt, mit Datum, ganz legal: *Diese Dokumente dienen als Grundlage zur Feststellung des Alters bei der Einschulung, ebenso bei der Beantragung von Arbeitspapieren; sie dienen weiter zur Bestätigung der Vollendung des gesetzlich vorgeschriebenen Alters hinsichtlich des Stimmrechts, des Rechtes, als Geschworene zu fungieren, oder der Pflicht, zum Militärdienst eingezogen zu werden; desweiteren als Nachweis der Staatsbürgerschaft, als Grundlage für die Ausstellung eines Passes und zum Nachweis des Rechts, die gesetzliche Erbfolge anzutreten. Certificados de Bautismo* – fünf Taufurkunden; eine zerrissene und wieder geklebte Sozialversicherungskarte; Ausweis, KEIN FÜHRERSCHEIN. Sie war vierzehn Blocks weit gelaufen, um zum Paßamt zu kommen; auf dem Lichtbild sah sie langweilig und farblos wie Beton aus, aber endlich einen Ausweis zu haben war eine große Erleichterung für sie. Petra wurde oft von der Angst geplagt, daß sie sterben könnte und keiner wüßte, wer sie war.

Eine »Erinnerungsurkunde an die erste heilige Kommunion« (wo war die von Ricky – hatte sie sie verloren?); eine dicke Pappendeckelurkunde, die Estrella für einen Aufsatz mit dem Titel *Meine dicke blaue Katze* gewonnen hatte; Heiratserlaubnis und Urkunde – besondere Kennzeichen des Ehemannes: Er wurde schnell müde. Besondere Kennzeichen der Ehefrau: Sie war im vierten Monat schwanger und wollte das Datum der Eheschließung ändern, aber der Mann hinter dem Schalter sagte, daß sie sich keine Sorgen zu machen bräuchte, er würde es hinterher im Register ändern. Die Eheschließung fand statt in Santa Ana, im Orange County, im Staat Kalifornien. Sie mußten zweimal mit dem Bus umsteigen und kamen fünf Minuten vor Schließung des Standesamtes dort an; er hielt ihr die Tür auf, während sie auf die Toilette stürzte. Alle Warnungen dieser Welt konnten sie nicht davon abhalten.

Petra knickte die Dokumente mit derselben Sorgfalt in der Mitte ab, mit der sie eine Phillips-66-Straßenkarte zusammenlegte, schob die Papiere wieder in den Umschlag und legte ihn zurück unter den Altar. Dann stand sie auf, konnte aber kaum das Gleichgewicht halten und geriet ins Wanken; um nicht hinzufallen, stützte sie sich an der Obstkiste ab, die daraufhin zu wackeln anfing – und mit ihr die Statue von *Jesucristo.* Petras Reaktionen waren nicht mehr schnell genug, um die fallende Statue aufzufangen; sie glaubte beinahe, zu sehen, wie sich der Kopf vom Körper löste, noch ehe dieser auf dem Holzfußboden aufschlug, wo der Kopf von *Jesucristo* vollständig abbrach. Seine Augen blickten zu ihr auf wie zwei Teiche voll von dunklem geheimnisvollem Wasser, und in dem Moment spürte sie, wie eine Welle des Zorns in ihrer Brust hochstieg.

»Alles in Ordnung, Mama?« flüsterte Estrella von der anderen Seite des Lakens.

»Schlaf jetzt endlich«, kam die knappe Antwort.

Petra suchte den Kopf und den Körper von *Jesucristo* aus den weißen Gipsscherben am Boden zusammen und hob sie auf. Sie war überrascht, wie leicht der Kopf war, der wie eine Walnuß in ihrer Hand lag; nervös versuchte sie, ihn wieder auf den Hals zu setzen. Da es ihr nicht gelang, stellte sie die kopflose Statue auf das längliche Zierdeckchen, bekreuzigte sich und küßte die Füße des Herrn. Den Kopf behielt sie in der Hand.

Petra befeuchtete zwei Finger und drückte die Dochte der Kerzen aus. Sie hätte sie gerne weiterhin brennen lassen, hatte aber Angst wegen der Kinder. Wenn nur eine der Kerzen umfiel, würden die Decken sofort in Flammen stehen, verschlungen von dem gefräßigen Feuer, und ihre Kinder würden verbrennen wie hell lodernde Pinien.

Sie ging hinaus auf die Veranda und sah Perfecto, der mit verschränkten Armen an dem Kombi lehnte. Wie gewöhnlich hatte er ihr den Rücken zugewandt, und er schaute in die Ferne, wo die Straße sich unter den Bäumen verlor. Sie starrte hinauf zu den Wolken, die sich vor den Mond schoben. Die Blätter der obersten Zweige glänzten wie eine schimmernde Rüstung. Wenn doch auch sie einen Kranz aus Diamanten häkeln könnte, um den nächsten Tag zu überstehen. Sie starrte auf die Linie hinter dem Mond, wo die Dunkelheit wie ein schwarzes

Laken hing. Die Limabohne in ihrem Leib brannte wie Mesquite.

Sie warf einen kurzen Blick auf den Stock, der vor dem niedrigen Gestrüpp lag. War es schon zu spät, die Kinder vor den Skorpionen zu schützen? Waren sie bereits in die Hütte eingedrungen? Einst eine Waffe, wirkte der Stock jetzt schwach und zahm. Wie kam sie nur auf die Idee, ihre Kinder beschützen zu können, wenn schon ein kleines, stachelbewehrtes Insekt derartige Angst und Schrecken auslösen konnte? Was machte sie glauben, daß ein auf die Erde gezeichneter Kreis diese Räuber fernhalten könnte? Aber das war alles, was sie hatte. Ihre Papiere, einen Stock, ihren zerbrochenen Glauben und Perfecto – doch im Augenblick schien dies angesichts der immensen Dunkelheit ebenso wenig zu wiegen wie der Kopf in ihrer Hand.

Petras Griff um den Kopf von *Jesucristo* verstärkte sich. Perfecto stand weiterhin reglos da, während die Wolken über den Himmel zogen; Petras Impuls war, zu ihm hinzulaufen und ihm in die Augen zu sehen. Wenn irgend jemand die Statue wieder reparieren konnte, dann Perfecto.

Der Rauch der brennenden Kerzen stieg Estrella in die Nase, so daß sie niesen mußte, und sie öffnete nicht ohne Mühe das Fenster der Hütte. Mit all ihrer Kraft lockerte sie den klemmenden Rahmen, bis es ihr gelang, ihre Finger unter das Holz zu schieben und das Fenster einen Spalt zu öffnen. Die Nachtluft war frisch und ihr sehr willkommen nach der stickigen, an Mesquite erinnernden Atmosphäre in dem Raum, und sie holte ein paarmal tief Luft. Unweit der Kochgrube und der ungeteerten Straße sah sie Perfecto stehen, der sein Gesicht in den Händen verbarg und mit den Schultern bebte, als würde er weinen.

In dem Zimmer im Krankenhaus mit seinen Kunstledersofas, die schon ganz speckig und nachgedunkelt waren von den vielen Stunden, die die Menschen wartend darauf verbracht hatten, hatte Alejos Unterlippe gezittert; seine Augen waren feucht geworden und hatten sie mit ihren Tränen überrascht. *Bitte,* hatte er gefleht, *bleib noch eine Weile bei mir.* Seine Angst war so groß, daß ihre Kraft nicht ausreichte, ihn zu trösten. Aber draußen lief der Wagen, weißer Rauch stieg auf dem Auspuff empor, das kostbare Benzin verbrannte, ihre Familie wartete, und er war dort, wo er sein sollte. *Alejo,* sagte sie streng, *alles wird wieder gut werden. Rede einfach mit den Ärzten,* sagte sie mit einer Mischung aus Zärtlichkeit und Verärgerung. Sie glaubte, was sie sagte. Er würde wieder gesund werden und arbeiten können. Erst in diesem Moment kam ihr der Gedanke, daß sie ihn vielleicht niemals mehr lebend wiedersehen würde, daß er vielleicht sterben könnte.

Sie fühlte sich schmutzig, die Haare in ihrem Nacken waren dreckig und verschwitzt. Estrella zog ihr schlammverschmiertes Kleid aus, als wollte sie sich des ganzen Tages wie Schmutzwäsche entledigen. Jede Bewegung war über Gebühr anstrengend für ihre Muskeln, und als sie nach dem Saum ihres Kleides griff und ihre Arme aus den Ärmeln ihres baumwollenen Unterhemdes zog, fühlte sie sich, als hätte jemand ihren Körper zu einem Brei aus Knorpeln und Sehnen zermalmt. Sie warf ihr Kleid in eine Ecke des Zimmers, wie man es den Kindern beigebracht hatte. In der Ferne ertönte das Gebell eines Hundes, das gleich darauf in ein Jaulen überging. Auf einer Obstkiste in der Ecke hatte Estrella ihre Arbeitshosen abgelegt, und sie schob vorsichtig erst den einen, dann den anderen Fuß in die Hosenbeine. Die flackernden Kerzen warfen eine Lichtergirlande auf den Stoff, der die beiden Zimmer voneinander abtrennte und der so dünn und durchsichtig wie die Ohren eines Eselshasen in der Wüste war.

Auf der anderen Seite des Lakens fiel scheppernd etwas zu Boden, aber nicht viel lauter als ihr eigener Schuh, mit dem sie sanft auf den Boden klopfte, um sicher zu sein, daß sich keine Spinne hineinverkrochen hatte.

»Alles in Ordnung, Mama?« fragte sie, lockerte die Schnürsenkel und schob einen Fuß in den Schuh. Sie saß neben Rickys Kopfkissen, um ihre Schuhe anzuziehen, die sie mit einem doppelten Knoten verschnürte. Die Stimme der Mutter wies sie an, endlich einzuschlafen, und ihr Schatten wanderte hin und her und erstickte die Flammen der Kerzen mit den Fingern. Dann wurde das Laken dunkel.

Estrella zog den Reißverschluß ihrer Arbeitshosen hoch und knöpfte ihr sauberes Flanellhemd zu. Dann stand sie auf, ergriff die Laterne, schlug eine Ecke des Lakens zurück und trat hinaus auf die Veranda. Draußen stand die Mutter und starrte hinüber zu Perfecto.

»Wo willst du hin?« fragte ihre Mutter und hielt Estrella

am Handgelenk fest. Estrella wußte es nicht und gab keine Antwort.
Dann umarmte die Mutter Estrella so fest, daß diese das Gefühl hatte, ihre Mutter versuchte, sie wieder in ihrem Leib zu verbergen.

Als sich ihre Augen an die Dunkelheit gewöhnt hatten und das Mondlicht einen ausgetretenen Pfad in Richtung Scheune beschien, wußte Estrella, was zu tun war. Die schwer lastende Dunkelheit der Nacht raubte ihr nicht die Sicht, im Gegenteil, ihre Augen weiteten sich wie die Pupillen einer Katze und saugten gierig jedes winzige Lichtteilchen auf.
»Sei vorsichtig mit der Laterne«, rief ihr die Mutter noch nach. »Das Gras ist wirklich trocken.« Sie wölbte die Hand um den Mund und schickte ihr noch lauter hinterher: »Es kann Feuer fangen!« Aber Estrella drehte sich nicht um, und die Mutter sah ihre Gestalt furchtlos in der Dunkelheit verschwinden, ein ockerfarbener Ball, der in die Nacht entschwebte.
Der Mond hing tief am Himmel. Estrellas Schritt wurde immer schneller, bis sie merkte, daß sie rannte. Abrupt blieb sie stehen und hob die Laterne in die Höhe. Eine Taschenratte trippelte an ihr vorbei und verschwand raschelnd in dem trockenen Gras. In der Ferne hörte Estrella das Heulen eines Kojoten, auf das die Hunde mit gehässigem Gebell reagierten, und sie setzte ihren Weg langsamer fort. Vor ihr ragte hoch die Scheune auf, mit langen Schatten und einer gezackten Wetterfahne, die nach unten zeigte. Der leise flüsternde Wind entlockte

der Fahne kaum ein Geräusch, aber das Knirschen der Türangel konnte Estrella hören.
Sie betrat die Scheune, die im Inneren dunkel und feucht wie der Kork einer Weinflasche war, die die Männer am Samstagabend kreisen ließen. Estrella war eingehüllt vom Licht der Laterne. Zuerst erschrak sie, als sie das Schaben der Eulenfüßchen über sich hörte, dann ließ sie das Geräusch der schlagenden Flügel und das nervöse Gezwitscher der Schwalben zusammenzucken. Sie redete beruhigend auf ihren Schatten ein, als wäre sie nicht allein.
»Es ist gleich da drüben«, sagte sie und hielt die Laterne in Richtung der Kette, um besser sehen zu können. Dabei legte sie den Kopf leicht in den Nacken. Direkt über ihr, noch über dem Dachgestühl, wo einige der Vögel nisteten, befand sich die Falltür zum Dach. Sie konnte im Mondlicht kaum deren Umrisse ausmachen.
Sie setzte sich in den kleinen Kreis, den der Lichtschein der Laterne bildete, zog die Schuhe aus, knüllte die Socken zusammen und stopfte sie in die Schuhe, wie ihre Mutter es ihnen beigebracht hatte. Sie wollte gerade die Lampe ausmachen, als sie merkte, daß sie keine Streichhölzer mitgenommen hatte. So schraubte sie nur den Docht etwas niedriger, gerade so weit, daß das Kerosin noch weiterbrannte. Die blaue Flamme flackerte zuerst irritiert, ehe sie sich wieder fing und tröstlich weiterleuchtete. Estrella stand auf. Aus ihrer hinteren Hosentasche holte sie ihr Halstuch hervor und band damit ihr langes Haar zurück. Dann spuckte sie in die Handflächen und rieb mit beiden Händen über ihre Oberschenkel.

»Okay«, sagte sie zu ihrem anderen Ich.
Estrella packte die Kette und klammerte sich an sie. Es gab jetzt kein Zurück mehr. Sie zog sich aus den Schultern heraus und mit der Kraft ihrer Arme nach oben, bis ihre Füße einen besseren Halt an der Kette hatten. Das Holz über ihr stöhnte und ächzte unter ihrem Gewicht. Holzsplitter und Asche so fein wie Staub regneten auf sie herab, und sie schloß schnell die Augen, bevor es zu spät war. Einen Moment lang schwang die Kette leicht hin und her und schlug gegen den Befestigungshaken, so daß Estrella ihren Griff um die dicken Glieder verstärkte. Plötzlich hatte sie einen Geschmack nach Erde im Mund und irgend etwas im Auge, das es tränen ließ; schnell spuckte sie aus. Die großen, dicken rostigen Glieder klirrten. Estrella strengte erneut ihren Bizeps an beiden Armen an, bis sie ihre Beine um die Kette schlingen konnte, was ihr zusätzlichen Halt gab. In ihren Ohren dröhnte es.
Da ihre Hände voller Schwielen waren, hatte sie einen festen Griff, aber ihre Füße schienen viel zu zart und zu verletzlich für das kühle, schwankende Eisen. Sie durfte nur nicht nach unten schauen. Das kühle Metall kitzelte an ihren Zehen. Sie klemmte sich die Kette zwischen die Beine und zog sich ruckartig daran empor, als zöge sie an einem Glockenstrang. Einmal hielt sie kurz inne und ließ mit einer Hand los, um sich die schweißnasse Handfläche an der Hose abzuwischen, während sie die Kette mit der anderen Hand um so fester an ihre Brust preßte. Rasch schaute sie auf das flackernde Licht unter ihr, richtete ihre Aufmerksamkeit aber schnell wieder nach

oben, wo sich die rechteckige Falltür als größer entpuppte, als sie sich von unten vorgestellt hatte. Von der Anstrengung des Kletterns war ihr Hemdkragen ganz naß vor Schweiß.

Der scharfe, durchdringende Gestank der Vogelexkremente überlagerte alle anderen Gerüche auf dem Dachboden: das feuchte Heu, die Luzerne, die staubigen Nester. Der Dachboden war eben, und zaghaft trat Estrella auf die Exkremente und das Futter, die sich unter einer Schicht aus flaumigem Gefieder fast so hart und scharfkantig wie Glasscherben anfühlten. Sie hatte beide Hände ausgestreckt und tastete mit den Fingern blind nach den Wänden, bis sie in ein hauchdünnes Spinnennetz stolperte und es zerriß. Neben ihrem Fuß bewegte sich etwas, und sie trat danach. Dem Geräusch nach war es entweder eine Wein- oder eine Colaflasche, die erst holpernd über den ganzen Dachboden rollte, ehe sie hinunterfiel. Es dauerte eine Weile, bis sie unten zerschellte, und in dem Moment wurde erst Estrella klar, wie hoch hinauf sie geklettert war. Sie schaute rasch nach unten und sah neben ihrer Lampe die glitzernden Glasscherben liegen; einen Augenblick lang hatte sie eine Vision, als würden wie gefährliche Aale sich schlängelnde Flammenzungen nach dem Stroh auf dem Boden schnappen. Es war heiß auf dem Dachboden, und sie konnte kaum atmen in der dünnen, abgestandenen Luft; ihr Flanellhemd klebte feucht und stickig an ihrem Körper. Ihre Schuhe, die unten neben den Glasscherben standen, sahen aus wie nach Luft schnappende Hunde, da beiden die Zunge zur Seite heraushing. Sie rührte sich nicht. Ihr

Herz raste in ihrer Brust. Sie wartete darauf, daß sich ihre Augen an die Dunkelheit gewöhnten. Erst als die Umrisse der Wände, des Bodens und der Decke sichtbar wurden, bewegte sie sich auf die Falltür zu.

Estrella versuchte mit beiden Händen zu schieben, aber die Tür gab nur ein Stöhnen von sich, und sie hörte, wie irgendwo in der Scheune die Vögel nervös zirpend zu protestieren begannen. Sie tastete mit den Fingern den Rand der rechteckigen Tür ab, um sich zu vergewissern, daß da kein Riegel war, den man zurückschieben mußte, und es auch keinen Haken gab, der zu lösen war. Dann schob sie ihren Rücken wie eine Schaufel unter die Tür und drückte erneut. Immer und immer wieder probierte sie es, bis der Widerstand der Tür erlahmte. Erst dann drehte sie sich wieder um und nahm beide Hände zu Hilfe. Jetzt öffnete sich die Tür hinaus in Richtung Dach, und die Schwalben flatterten unter den Dachsparren aus Zedernholz hervor, zornigen Worten gleich, die aus einem Mund hervorquellen. Estrella wurde von einem Schwall grauen Lichts überschüttet. Das Licht und die kühle Nachtluft durchdrangen die erdrückende Hitze des Dachbodens.

Sie war überwältigt von den Diamanten am Himmel. Das Funkeln der Sterne zerschnitt die Nacht mit einer fast gewalttätigen Schärfe. Estrella zog sich an dem Rahmen der Falltür hinauf in das himmlische Panorama, als kletterte sie aus einer Schachtel. Die Vögel erhoben sich, wild mit den Flügeln schlagend, in den Himmel und wirbelten durch die Luft wie Trümmer in einem Tornado, und sie wunderte sich, daß sie nicht ein einziges Mal zusammenstießen. Über den Eukalyptusbäumen und hinter dem Mond schimmerten die Sterne wie silberne Granatäpfel vor einem Hintergrund aus unendlicher Dunkelheit. Kein Wunder, daß sich die Engel für einen solchen Ort entschieden hatten.

Das Dach neigte sich schräg nach unten, und Estrella spürte, wie die Schwerkraft sie nach unten zog, aber sie verlor nicht den Halt. Die von Termiten zerfressenen Dachbalken knirschten unter ihren bloßen Füßen wie die Schlange unter dem Fuß der Christusstatue; ein paar Splitter lösten sich und fielen über den Rand der Scheune. Jetzt fühlte sich ihr Bluse nicht mehr feucht und verschwitzt an. Und sie stolperte auch nicht mehr blindlings dahin. Sie mußte auf sie vertrauen, auf ihre Fußsohlen, ihre Hände, ihren Rücken und auf die hämmernden Glocken in ihrem Herzen. Ihr Fuß strich knapp über den Rand der Scheune, und hier blieb sie stehen. Ein leichter Windstoß wehte ihr ein paar lose Haarsträhnen ins Gesicht, und nie zuvor hatte irgend etwas so angenehme Empfindungen in ihr wachgerufen. Einige Vögel schraubten sich allmählich wieder vom Himmel herunter, zögernd zuerst, dann in größeren Gruppen, und schließlich kehrten einige wenige Schwalben wieder in ihre Nester zurück, nicht weit weg von der Stelle, an der sie stand. Estrella verharrte reglos wie ein Engel am Scheideweg. Sie hatte Vertrauen in ihr Herz und glaubte, daß es wie die Glocken der großen Kathedralen genug Kraft hatte, all jene nach Hause zu rufen, die sich verirrt hatten.

Danksagungen

Wenn ich daran denke, was für eine Reise man zurückzulegen hat, um einen Roman zu vollenden, dann gehen mir unweigerlich all diejenigen Menschen durch den Kopf, die mich im Laufe der Jahre beeinflußt und mir geholfen haben. Ich erinnere mich immer noch kopfschüttelnd der Zeiten, da ich mit Pilar auf dem Rücken schrieb oder tippte, während Francisco an meiner Brust lag. Ich denke an den Frust und den Schmerz, nicht die Zeit zu haben, alle Geschichten in mir ans Tageslicht zu holen. An die glasklare Erkenntnis, nie ein Projekt beenden zu können. Ich denke an die Jahre, die so schnell vergingen.

Alles das aber ist irgendwann einmal in den Hintergrund getreten. Sekunde für Sekunde habe ich mir von meinen Tagen die Zeit abgeknapst, bis ich genügend davon für meine Geschichten beiseite legen konnte. Wenn ich jetzt meinen lebhaften Sohn und meine schöne Tochter betrachte, dann frage ich mich, wo sie nur hingekommen ist, diese Zeit.

Für die Nahrung auf dem Tisch: Mein Dank gilt allen *piscadores*, die mit müden Knochen und harter Arbeit Sie und mich täglich mit Nahrung versorgen. Dem U. C. Irvine Chicano Literary Contest: daß ich den ersten Preis bei diesem Wettbewerb gewonnen und vierhundert Dollar dafür erhalten habe, war ausschlaggebend für mein Selbstvertrauen als Schriftstellerin. Dem National Endowment for the Arts, das mir die Mittel zur Fortsetzung meiner Arbeit zur Verfügung stellte, und Ms. Mabel Richardson, deren Stipendium für »unterprivilegierte Mädchen« dazu beitrug, meine Collegeausbildung am Immaculate Heart College zu finanzieren. Meiner älteren Schwester Becky, die nie Fragen stellte, sondern mir nur von Zeit zu Zeit zwanzig Dollar zusteckte oder mich während meiner mageren Studentenjahre zum Essen einlud. Und schließlich danke ich Eloy, der mich in all diesen Jahren finanziell unterstützt hat, obwohl wir es uns nicht leisten konnten.

Für die Nahrung der Seele: Dafür möchte ich meinen seelenverwandten Schwestern danken, die nie den Glauben an mich verloren, besonders Sandra Cisneros. Was kann ich dir sagen, Schwester, die mich durch meine Schwangerschaften begleitete, mich von der Küche fernhielt, meinem Herzen zu Ruhe verhalf und die mich zum Schreiben anhielt? Terri de la Peña, Mary Helen Ponce, Lucha Corpi, Ana Castillo, Denise Chavez. Mein Dank gilt weiter Ana María García, die mir einen Monat lang ihre Wohnung überließ, damit ich schreiben konnte. Ginger Varney, die immer ehrlich und kritisch ist. *Y tambien a la* Elizabeth Gonzales Towers, meiner *comadre* aus Kanada, *y la* Genet Chavez Gomez *de Nueva México* und meinen beiden Mädels *de E. L. A.*, Irene Hernandez und Suzie Rodríguez, die immer Zeit für mich haben. Meinen Kindern Pilar und Francisco. An Tagen, an denen ich mit großer Angst aufwache, kommen sie zu mir und beruhigen meine Nerven mit einem Lachen, einem Kuß, einer Forderung. Wie könnte ich mich danach vor einer Welt fürchten, auf die sie sich mit solcher Kühnheit stürzen?

Für das Feld der Nahrung: *Gracias* an *Las Mujeres de Teoría* wie María Herrera Sobek (für die langen Telefonate und Gespräche im Auto), Sonia Saldivar-Hull (Sonia, ich danke dir für deine Aufmunterung und deinen Rat – du hast mir immer das Gefühl gegeben, daß meine Arbeit wichtig ist), Norma Alarcon, Yvonne Yarbo Bejarano, Tey Diana Rebolledo und Debra Castillo. Danke an Raul Villa und Rita Alcala. An Oba, *unas gracia fuertes*, und einen speziellen Dank an meinen Bruder Gary O. An Robert Cantu, der immer mit großer Begeisterung über weibliche Chicano-Literatur spricht. An meinen Freund D. C., der mir zu meinem ersten Blick auf die Berge verhalf. Es war wirklich mein erster und einer, den ich nie vergessen werde.

Mit Dankbarkeit denke ich an Judith Grossman, Thomas Keneally und Gabrielle Schwab, die mich bei meiner Abschlußarbeit beraten haben. Weiter möchte ich mich bei Ethan Canin für die Ermunterung bedanken, die er meiner Arbeit zukommen ließ, ebenso bei meinen Mitstudenten des M.F.A.-Kurses 1993, besonders bei Andrew Tonkovich und Ilene Durst, die sich auf das sorgfältigste meines Manuskriptes angenommen haben, und bei Manuel Gomez, meinem weisen *compadre* und Liebhaber von Büchern.

Den blutroten Granatapfelsamen meiner Familie, die Platz in ihrem Leben für mich schufen: Gilbert, Mary Ann *y* Alex, Becky *y* Phil, Serafin *y* Terry, Frances *y* Jim, Frank, Ruthie, Barbara *y* Memo, Carmen und Jack. Der

Familie Treviño – der Señora *y* Maria *y* Don *y* Betty *y* Tony: vielen Dank.
Den Orangenbäumen und Dattelpalmen: Mein Dank gilt den Mitgliedern der früheren Latino Writers Association von L. A. und/oder den Leuten von XhismeArte: Victor Manuel Valle, Luis Rodríguez, Marisela Norte, Naomi Quiñonez, Barbara Carrasco, Frank Sifuentes, Joe L. Navarro und Jesus Mena (ein Freund, dem ich tonnenweise Liebe schulde); weiter danke ich den gegenwärtigen Mitgliedern der Southern California Latino/a Writers and Filmmakers Inc. Auch möchte ich mich den Puente-Studenten gegenüber erkenntlich zeigen, die intensive Workshops in Kreativem Schreiben organisiert und mir auf ihre Weise die Schönheit der Sprache nahegebracht haben.
Den Blättern, Bäumen und Pfirsichen: Danke an Gabriel García Márquez, der auf jede erdenkliche Weise versucht hat, mich umzustimmen, nachdem ich zuerst die Einladung zu seinem Workshop im Geschichtenerzählen am Sundance Institute ausgeschlagen habe. *¿Que loca, no?* Zum Glück hat mich seine Hartnäckigkeit dann doch zur Vernunft gebracht.
Den Zweigen und Ästen, die den Vögeln ein Zuhause sind: Danke an Marie Brown, meine Agentin, die mich arbeiten ließ und noch geduldig wartete, nachdem ich bereits einen versprochenen Termin nach dem anderen hatte platzen lassen. An Susan Bergholz, die eine wertvolle Stütze meiner Arbeit ist. An meine Lektorin Rosemary Ahern, die die Bedeutung dieses Buches erkannte und über seine Unversehrtheit wachte. An Marta Treviño,

meine liebe Freundin und frühere Zimmergenossin, Zweitmutter meine Kinder – wie oft bist du für mich eingesprungen, wenn mich die Pflichten als Mutter überforderten. Dankbarkeit kann das nicht ausdrücken, was ich dir schulde, Marta. Aber du bist mittlerweile belohnt worden mit einem ganz speziellen Geschenk, mit José Manuel.

Den Geistern meiner Ahnen, der Erde und des Himmels, die mich beschützen und lieben, lege ich meinen demütigen Dank zu Füßen. Danke an die überbordende Mitteilungsfreude meiner mexikanischen Landsleute, die mir so gerne Geschichten aus ihrem Leben erzählen.

Und natürlich bedanke ich mich noch einmal bei dir, Eloy. Deine Liebe zu unserem Volk und dein unerschrockener Kampf gegen Ungerechtigkeit haben mich immer inspiriert und motiviert. Dein Geist hüllt mich ein wie der Schein einer Laterne.

Wir haben es geschafft. Dieses Buch ist euch allen gewidmet.